わたしの結び目

真下みこと

幻冬舎

わたしの結び目

カバーイラスト
春日井さゆり

ブックデザイン
アルビレオ

CONTENTS

プロローグ

クラスのみんなから無視されるのがどういうことなのか、きっとあなたにはわからない。

無視というのは単に、話しかけても何も返ってこないということじゃない。だったらこっちから話しかけなければいいだけで、苦しみなんてどこにもない。相手のことを、言葉を持たない、ただの人形だと思えばいいのだから。

あなたにもあるでしょう。小さい頃、メルちゃん人形のような赤ちゃんを模したモノに執拗に話しかけて、求められてもいないお世話をしてあげた思い出が。だけど私達は学ぶ生き物だから、だんだんとわかってくる。人形なんてただのモノで、こちらの話しかけた言葉も聞いていないし、お世話なんて求めていないということが。それに気づくのは大体、小学生になる頃で、それから私達は人形ではなく人を相手にして、ごっこ遊びを始める。

クラスメイトなんて自分以外は、メルちゃん人形みたいな人間の形を模したモノで、感情なんてない。だから私の言葉なんて通じなくて当然で、飽きたら埃をかぶる前に捨ててしまえばいい。

そう思えたらきっと、ずっと楽だった。

教科書にされた落書きも、ゴミ箱に入れられた筆箱も、何か人間ではない、感情のないモノの仕業だったらよかった。

大人達の想定するいじめって結局、我慢すれば過ぎていく一過性の台風のようなものなのだろう。少し耐えれば、ちょっと言い返せば、対話を目指せばすぐに解決する、空気抵抗を無視する理科のテスト問題みたいな、理論上のいじめ。

あまりにも生ぬるい。その能天気さが、本当のいじめを想像する必要のない人生が、心の底から羨ましい。

私を近くで見ていればわかるはずだ。このクラスで何が起こっているのか。

無視というのはこちらが話しかけて始まるものじゃない。

ラーメンの汁を放っておくと水と油に分かれ、さらに置いておくと油が白く固まるのによく似ている。あるときからあの子達は、私が教室にいるとわかりやすく困惑の表情を浮かべるようになった。

「あの子、なんでいるの？」

その言葉や表情に悪意はなく、あるのは心の底からの困惑だけだ。眉毛は怒っているときのように吊り上がるのではなく八の字に下がり、まるでこちらが悪者かのように怯えてみせる。攻撃より何より私に一番効いたのはこの困惑で、私の様子からそれに気づいたあの子達は、ここ最近ずっと困惑し続けていた。

授業があるときはまだいい。あの子達の困惑なんかよりも、教師の存在感の方が強いから。だけど昼休みになると私は途端に教室にいることを許されなくなり、薄暗くて湿った北階段の一番上、入口が塞がれた屋上前の扉で過ごすようになった。


そんなの、わざわざ書かなくても知ってるか。

だってずっと、あなたは私のそばにいたのだから。私が辛いときも、悲しいときも、悔しいときも、一番近くで、私を励ましてくれていた。

だけど、私は気づいてしまった。なんでこんなことになったのか、あの子達は私の何が嫌でこんなことを始めたのか。誰があの子達を焚き付けたのか。

本当はもう、わかってるんでしょう?

全部、あんたのせいだから。

第一章

1

「生徒達に小林さんのことを話してから呼ぶから、ちょっとここで待っていてね」

　佐藤先生に笑顔で告げられ、私は黙って頷いた。先生に色々と言いたいことはあった。生徒達という言葉に自分は含まれていないのだとか、スペシャルゲストの登場とばかりに遅れて教室に入りたくないだとか、制服の着方はこれで合っているのかだとか。しかしここでごねていても仕方がないし、何より先生は忙しそうだった。

　ドアが一度閉じ、クラスが緩やかに静かになる。サトセン、転校生来るんでしょ。え、なんでもう知ってるのよ。職員室にスパイ送っといた。は、ちげーし俺はスパイとかじゃなくて日誌取りに行ったら聞こえただけだし。ちょっともう静かにしてよー。

こんな盛り上がりの中、どんな顔をして入ればいいのかわからない。私は中学二年にもなって初めての転校で、いや転校をしたことがある人の方が少数派だとは思うのだけど、とにかく緊張していた。この学校で、うまくやっていけるのだろうか。前の学校のことを思い出すと、やはりどこか心配だった。

目線を上げると、二年B組という表札があった。この学校は一年生が四階、二年生が三階、三年生が二階という造りらしい。前の学校は一年生が一階、二年生が二階と学年数がそのまま階数になるから覚えやすかったのに、また覚え直さないといけない。現時点でわかっていることを復習してみる。出席番号は最後尾の三十七番、担任は佐藤先生。全てが前の学校と違って、だから私は前の学校で起きたことは忘れなければいけない。昔の記憶を手放さないと、新しいことも覚えられない。

「小林さん、入って」

ドアを開けた佐藤先生に促され、私は鞄を両手で持ったまま歩く。クラスの子達がみんな、私を見ている。

「今日からみんなの仲間になる、小林里香さんです。自己紹介してくれる?」

「小林里香です。前の学校ではテニス部に入っていました。よろしくお願いします」

頭を下げると、もう上げたくないと思ってしまった。そんなに可愛い子ではなかったとでも言いたげな男子のテンションの下がり方と、この子はどのグループに入るんだろうというような女子の鋭い目線に、もう耐えられない気分だった。前の学校で学級委員をやっていたなんて、こんな空気で言えるわけがない。

「じゃあ小林さん、窓際の一番後ろに」

はい、と小さい声で答え、私はできるだけ目立たないよう、だけど卑屈に見えないように背筋は伸ばして席についた。机の中は空っぽで、汗ばんだ手を入れるとひんやりと冷たい。

佐藤先生は金曜日の六時間目は全校集会があることなどを連絡し、みんな小林さんと仲良くしてあげてね、と言い残して職員室に帰った。

みんな思い思いの友達のところに話しかけにいき、私はなんとなく時間を持て余してしまった。先生には、職員室という帰る場所があって羨ましい。

まだ教科書が来ていなかったので、今日は全部の先生にそのことを言わないといけない。隣の男子は明らかに怖い雰囲気で、この人に教科書を見せてもらわないといけないなんて、憂鬱以外の何物でもなかった。変なことをしたら殴られそうだ。

事前に買っておいたノートと、前の学校から使っていた筆箱を机の上に出し、筆箱の中身を整理するふりをしてみる。一時間目の社会の先生が来たのでみんなは方々に散って、私は先生に教科書がないということを打ち明けに教卓の方に歩み出た。

隣の席の彼は森くんという人で、教科書を見せてやれと先生に言われるたびにものすごく嫌がって舌打ちしてきた。ごめんなさいと心の中で謝りながら見せてもらうと、そこらじゅうに落書きがしてあった。それを見ても笑うことはできず、なんだかこれからこのクラスで過ごす実感が全くない。夢を見ているような感覚だ。

二学期の途中での転校にお母さんは反対していたのだと、引っ越しの車の中で話していた。私と弟の初めての転校が心配だと言っていたけれど、実際のところお母さんは前のマンションを気に入っていたのだと思う。お父さんも会社に掛け合ってみると言ってくれたらしいが、結局は仕事の都合なのだからと引っ越すことになってしまった。引っ越せばお父さんは出世できるので、引っ越し先のマンションの部屋は前よりも広いし、お母さんはパートで必死に働かなくてもよくなるらしい。私は正直、前の学校から逃げたいと思っていたし、弟と一緒の子供部屋ではなく自分の勉強机を置けるひとり部屋をもらえたので、引っ越しをして良かった。

給食の班はちょうど六人ずつの六班で、机をくっつけたときに隣になった斎藤さんという女の子がよく話しかけてくれた。斎藤さんはおそらくこのクラスの女子の中では結構上の立場だ。二つ結びにしたセミロングは嫌味な感じはしないけれど、このクラスで二つ結びをしているのは彼女くらいだと思う。

「名前、里香ちゃんだよね？　最初にちゃん付けすると呼び捨てにするの戸惑うから、もう里香でいい？」

「うん、斎藤さんは」

「葵《あおい》。アオって呼ぶ子もいる。四班の瑠奈《るな》とか」

「瑠奈、ちゃん？」

指差す方向を見ると、ショートカットで目が大きく、少しつり目気味の気の強そうな女の子がいた。

「瑠奈は女バスのエースなんだよ。瑠奈ー」

友達を紹介するふりをして、この子はさりげなく自分がこのクラスでどのような立場であるか示しているのだ。きっと彼女はクラスの中心人物で、だから給食の時間でも自由に他の班の子と会話しても許されている。転校初日はどのグループに入るかを考える前にどんなグループがあるのかを把握しないといけないのでありがたかった。このクラスの中心は誰なのか、浮いている子はいるのか。知りたいことはたくさんある。

「何、呼んだ？」

瑠奈という女の子が頭を傾げてこちらを見た。

「女バスのエース紹介してた」

「うちじゃん」

「そーゆーこと」

二人の会話に入っていけず、私は薄く笑っておいた。葵ちゃんは瑠奈ちゃんと目を合わせるのをやめて私に顔を向ける。

「小林さん、じゃなくて里香は、部活どうするの？」

「うーん、やっぱりテニス部かなって」

「うち女テニしかないよ」

「あ、私も女テニだったの」

「え、そうなの？　じゃあもう女テニじゃん。桃子ー！」

葵ちゃんが教室の前の方に声をかける。班の人以外との会話を担任はどう思うんだろうと佐藤先生の顔を盗み見ると、彼女は心ここにあらずといった様子で黙々とジャージャー麺を啜《すす》っている。

「どしたー？」

桃子と呼ばれた女の子がこちらを向いた。

「里香ちゃん、じゃなくて里香、女テニ入りたいって！」

「いや、入りたいっていうか……」

「前衛？　後衛？」

「わかんない！」

「それくらい聞いとけよー。……え、何？」

桃子という子は自分の班の会話に戻っていったので、私達も班の会話に戻る。森くんはジャージャー麺をおかわりしに行き、その様子を大食いみたいだと葵ちゃんに揶揄《からか》われていた。

「昼休み、うちらはピロティでダベってることが多いかな」

急に昼休みの話になり、そうなんだーと適当に相槌を打った。できるだけ早く、他のグループの様子も見ないといけない。

「昼休みは佐藤先生に色々プリントもらわなきゃっぽくて」

「そっかそっか。ま、うちはいつでも大歓迎だから」

明るく笑う葵ちゃんにありがとうと言って、前の学校のよりも硬いゼリーを、嚙まずに喉に流し込んだ。


昼休み、先生に呼び出されていたので職員室に向かった。職員室は一階の、玄関から少し歩いたところにあるので覚えやすい。中に入り、佐藤先生いらっしゃいますかと声をかけると、すぐに先生が出てきてくれた。

「うちの学校では職員室に入るとき、クラスと名前を言うことになってるから」

「そうだったんですね。気をつけます」

前の学校とは違うルールを、少しずつ頭に入れていく。

「クラスはどう？」

「みんな優しく話しかけてくれるので、これから慣れると思います」

大人が喜びそうなことを言葉にする。前の学校では、私は先生に信頼されている方だった。

「そう」

だけど佐藤先生は特にリアクションをすることもなく、親宛のプリントを封筒に入れて渡してきた。

「校舎のどこに何があるかは放課後、学級委員の三崎さんが案内してくれるから」

「三崎さん……」

「ほら女子テニス部の。ってまだわかんないか」

「ああ」

桃子って人だ。あの子、学級委員だったんだ。

「慣れないことも多いと思うけど、ちょっとずつ慣れていけば良いから。斎藤さんと森くんが同じ班だし、掃除当番もあるから」

「はい。ありがとうございます」

「プリント、親御さんに渡しておいてね」

先生はそう言って自分の席に戻っていった。昼休みはあと五分あったけれど、私も教室に戻ることにした。

あと五分しかないのに、教室には人があまりいなかった。一人で本を読んでいる子や、突っ伏して眠っている子はいたが、この場ですぐに話しかけるのはあまりよくない。もう少しあとでさりげなく話しかけよう。

そう思いながら席に戻り、もらったプリントを鞄にしまう。五時間目は数学なのでまた教科書を持ってないと伝えないといけない。

教室は、みんながいると狭く感じるけど、人が少ないと広く感じる。みんなの名前を少しずつ覚えないといけない。そう思っていても、なんだかずっと一人でも良いんじゃないかとも思ってしまう。私はまだ、あのことを忘れられない。

誰もこちらを見ていないのを良いことに、教室の中を歩いて探索してみることにした。教卓は空っぽ、黒板は消してある。今日の日直は田村さんという人らしい。先生の机を眺めると、後ろの棚に一輪の菊が飾られている。おじいちゃんが死んだときにも飾られていた、ふんわりと丸くて真っ白な菊。

このクラスで誰か、亡くなった人がいるんだろうか。

そんなことがぼんやりと浮かんだのと同時に予鈴が鳴り、クラスに人が戻り始めた。私は席に戻ってノートと筆箱を取り出し、先生に教科書のことを言わないといけないことを思い出した。


放課後、桃子ちゃんに校舎を案内してもらった。図書室と家庭科室は四階、音楽室と美術室、パソコン室は教室と同じ三階、理科室は二階、体育館とプール、ピロティに職員室、保健室や技術科室はまとめて一階にあるらしい。

「今日全部覚えられなくても、いつでも聞いてね」

頼り甲斐のあるお姉さんという雰囲気で、桃子ちゃんが笑顔を見せる。ありがとうと言いながら、私は瑠奈ちゃんのグループには入れないのかもしれないと感じていた。

桃子ちゃんにピロティを案内してもらうとき、昼休みはここで過ごす子もいるの？　と聞いてみたら、そういう子もいるんじゃないかなと他人事《ひとごと》のように返されたのだ。給食の時間、葵ちゃんはピロティにいることが多いと言っていて、今日一日過ごした感じでは、瑠奈ちゃん、桃子ちゃん、葵ちゃんの三人グループがこのクラスの中心の女子グループだった。だから桃子ちゃんも普段は昼休みをピロティで過ごしているはずなのに、彼女はその素振りを見せなかった。私に来てほしくないというような内容を昼休みに話していたのかもしれない。


それから数日様子を窺いながら過ごしてみたところ、葵ちゃんは給食と掃除の時間は話しかけてくれるものの、休み時間に話しかけてくれる感じはない。結局私は今のところ、昼休みは一人、教室で過ごすことになっている。そろそろどこかのグループに落ち着きたいが、他のクラスメイトも様子を窺っているので、お互いに意識はするけど何も行動をしないという状況が続いていた。

部活は女子テニス部の顧問の先生に相談しに行ったところ、来週から来てほしいと言われている。月水金の週三日で、曜日は違うけれど回数は前の学校と同じだった。

金曜日になり、とりあえず一週間を終えられそうだと安堵していると、六時間目に佐藤先生が教室に来て、体育館に移動しますと言われた。全校集会があるらしい。

「廊下に男女一列ずつ出席番号順に並んでー」

なかなか立ち上がらない生徒を見て早くしなさいと先生が怒り、サトセン怖えと男子が笑う。教室の後ろ側を前に先生が生徒を並ばせている。私は最後尾なので、教室の前から出ることにした。

一番後ろに並び、先生が静かにしなさいと怒っているのを見ていたら、急に前にいた子が振り返って私を見た。目が合って数秒、お互い言葉を発さなかった。窪んだ目の二重《ふたえ》幅は広く、奥二重の私には羨ましいくらい丸い目の女の子だった。

「……何？」

ようやく口を開くと、その子は私の胸元を見た。

「タイ、結び目が乱れてるよ」

「え」

私も自分の胸元に目を落とす。その子の赤いタイの結び目は私の固結びと違ってふっくらと柔らかそうで、結び目から出ているリボンは細く、形も左右対称だった。

「一年生が移動し終わって、CとDが行ったら移動するからねー」

佐藤先生の声が聞こえた。

「まだ間に合うから、わたしが結び直してあげる」

その子は私の結んだタイをほどいて真剣な表情になり、慣れた手つきでタイを操っている。

「前の学校ブレザーで、セーラー服着たことなかったんだよね」

「そうなんだ。……できた」

彼女が手を離すと、私とその子の結び方は全く同じになり、結び目もさっきより可愛くなった。

「ありがと」

「小林さんは転校してすぐだから知らないかもだけど、全校集会で体育館に行くときって服装検査も兼ねてて、髪型はもちろん、女子はセーラーのタイ、男子は学ランのカラーとか、そういうのを入口でチェックされるんだよ」

「あ、そうだったんだ」

「うち校則厳しいでしょ。体育教師に木谷って奴がいてね、今日の保健の先生とは違う嫌な先生で、そいつが入口に立ってるの。引っ掛かると放課後、職員室前の雑巾掛け。往復五回」

「え、最悪」

「だから、結び目はきれいにしておいた方がいいんだよ」

「B組移動始めまーす」

佐藤先生の声が聞こえると、その子はパッと前を向いて歩いていった。かなり長い髪の毛を一つ結びにした後ろ姿は、華やかではないけれど綺麗だと思った。

階段を降りて歩いて辿り着いた体育館の入口に先生は立っておらず、私は少し拍子抜けした気分で体育館に移動した。

タイを直してくれた女の子は時々私を振り返り、目が合うとニコッと笑って前を向き直す、ということを繰り返していた。もしかしたらこの子は少し変わった子で、あまり友達がいないのかもしれない。

全校集会の内容は来週から始まる挨拶運動についてで、生徒会長が原稿も無しに喋っていた。私も本当なら、前の学校で生徒会長に立候補しようと思っていたけれど、それももう叶わない。体育館の床は前の学校よりも傷が多く、私はスカート越しに大きな溝をなぞりながら話を聞いていた。

集会が終わると、三年生から順に教室に戻っていく。待つ間、また先ほどの女の子がこちらを向いた。

「ふふふ」

文字を一つずつ空気に配置するような発音で笑っているこの子の名前を知らないと気づいた。

「名前聞いてもいい？」

「いいよ？」

彼女は許可してくれただけで名乗ってはくれない。仕方なくもう一度名前を聞くと、

「わたしもリカって名前なの、小林さんと一緒」

「え、そうなの？」

まだクラス全員の名前を覚えていなかったが、同じ名前の子がいたのか。

「漢字は違うんだけどね」

「すご、偶然」

「ね！　自己紹介のとき、わたしもびっくりしちゃった」

何か言おうと思ったけれど何も出てこなかったので、私は話すのをやめた。そのうち先生によって立ち上がらされ、教室に歩き出したところで、リカちゃんは急にこちらを振り返り、

「嘘。本当は彩名《あやな》って名前だよ。彩《いろど》りに名前の名」

と笑い出した。

「嘘？」

聞き返した頃にはもう彼女は歩き出していて、私も急いで追いかけた。

家ではお母さんもお父さんも三個下の弟の陸も新しい生活に慣れるので一杯一杯で、お互いのことを気にする余裕がなかった。買っておいたレトルトでそれぞれご飯を食べ、引っ越して初めての週末はただ寝て過ごした。

全校集会の日から気になっていた彩名ちゃんに話しかけたりしながらも、次の週には、私はクラスの上下関係をほとんど把握し終えていた。先週リカと名乗った彩名ちゃんはクラスで孤立しており、休み時間や昼休みは一人で過ごしてばかりだった。瑠奈ちゃんが話しかけてくれることはほとんどなく、桃子ちゃんに至っては水曜金曜と女子テニス部に仮入部したとき、校舎を案内してくれた人と同じ人だと思えないほどの冷たい対応だった。あとは私に話しかけてくれるのは葵ちゃんくらいで、隣の席の森くんとは教科書が無事届いてからは接点がなかった。

前の学校で渡された通知表には「一人でいる子を放っておけない責任感の強い子」と書かれていた。自分で言うのはおかしいのかもしれないが、私を表すのにぴったりの言葉だと思う。私はクラスで一人ぼっちの子を放っておくことがどうしてもできない。誰だって、一人は寂しい。だから救ってあげないといけない。誰かに優しくしているときの私のことが、私は好きなのだ。

だから、彩名ちゃんに話しかけることにした。最初は向こうも戸惑っていたけれど、本当は誰かと話したかったのだろう。次の時間割を聞いても「国語」と一言しか返してくれなかったのが、宿題のことも言ってくれるようになり、ついでにトイレに誘ってくれるようになった。

一緒にトイレに行くのも昼休みに教室で話すのも部活がない日にダラダラと喋るのも、彩名ちゃんには私しかいなかった。

金曜日の朝、初めての朝練から帰ってきたところを彩名ちゃんが待ち構えていて、そろそろちゃん付けするのやめてよと言われたので、私達は呼び捨てで呼び合うようになった。

昼休みは私から彩名の席に行かなくても彼女の方から来るようになったし、クラスでの私の立ち位置は彩名の隣で確定してきていた。部活では相変わらず桃子ちゃんが冷たいし、他の二年生とも少しずつ話すようにはしていたけれど、彩名と仲良くなるほどにはスムーズに行かなかった。

授業が終わり、佐藤先生にまた呼び出される。先生はいつも白いシャツを着ているのに、今日は薄いピンクのカーディガンを着ていた。

「学校は慣れた？」

「はい、まあ」

「部活動にも参加しているみたいだけど、特に問題はなさそう？」

仕事っぽい口調で先生は続けた。なので私も物分かりのいい生徒を演じ、先生を安心させてあげる。

ふと先生から目を逸《そ》らすと、職員室の窓際、スチール製の棚に、白い菊が生けられているのを見つけた。

「あ、菊」

「ん？」

先生が不思議そうにこちらを見る。形のいい眉毛と、いつもよりも太いまつげ。佐藤先生、マスカラなんて塗っているんだ。

「どうしたの？」

もう一度問いかけられて、菊のことを思い出す。教室の、先生の机の後ろにある棚に飾られていた、一輪の菊。

「教室にも菊が飾ってあったなと思って」

呟くように言いながら、先生の後ろにある花瓶に目線を移すと先生も振り返って、ああ、と納得したような声を出した。

「小林さんが転校してくる一ヶ月くらい前の話なんだけどね」

視線を感じた。目を合わせると、佐藤先生の眉毛が下がっている。

「うちのクラスの生徒が亡くなったの」

佐藤先生の黒目が揺れている。やっぱり今日はメイクが濃い気がする、と全然関係ないことを思った。先生がなかなか続きを話そうとしないので、私が話す番なのだろうかとおずおずと口を開いた。

「そうなんですね」

なんと言ったらいいかわからずに発したのは間抜けな、世間話でもするような緊張感のない声だった。

「小林さんの出席番号、三十七番でしょう。うちは三十六人のクラスなのに」

「そういえば……」

「その生徒の分は欠番になるから。最初にちゃんと説明しておけばよかったんだけど、転校早々に混乱させちゃったら申し訳ないと思って」

「なるほど」

出席番号のことなんて、言われて初めて気づいた。確かに私を合わせて三十六人のクラスであれば、元々は三十五人だったということだ。転校生の番号が最後になるとしても、三十六番でなければおかしいのだ。初めての転校で緊張もあり、少しも気づかなかった。

それから先生は声をひそめて、もう少し時間があるか聞いてきた。部活があると伝えると、顧問には言っておくので二階の進路室で待っててほしいと伝えられた。

2

黒目がきれいな子だと思った。

全校集会のために廊下に並んでいると、いつもは感じない人の気配を後ろに感じた。振り返ると転校生の小林さんがいた。出席番号は渡辺のわたしが女子では最後だけど、転校生はさらに後ろになるんだ。

月曜に先生に連れられて挨拶しているのを眺めたきりだったので、こんなに近くで顔を見るのは初めてだった。ショートカットのよく似合う子だ。小林さんのショートカットは、女バスの子達のギリギリの長さを攻めたせいでぱつんと切られてしまっているショートとは違って、毛先の軽いおしゃれなショートカット。

奥二重の内側で長いまつげに縁取られた黒目は、ぬいぐるみの目につけるボタンみたいにつやつやと輝いていて、指でつまんでコンタクトみたいに取り出して、家の一番素敵な場所に飾りたいと思ったくらい。少しして、彼女の目は真実《まみ》の目に似ているのだと気づいた。

「……何？」

小林さんの怪訝そうな目はさっきとは違って光を少し失っていて、それでもとっても美しかった。怪しまれてはいけないと慌てて口実を探し、彼女のタイの結び目があまりにも適当だということに気づく。左右で太さも違うし、長さだってバラバラだ。

「タイ、結び目が乱れてるよ」

「え」

自分のタイを確認するために俯いた小林さんのつむじは二つあった。さっきまで一言も話したことがなかったのに、わたしの中に小林さんの情報がたくさん増えていく。もっと、この子の黒目がどう移り変わるのか、近くで見たい。

「まだ間に合うから、わたしが結び直してあげる」

間に合うかもわからないのにそう言って、赤いタイをゆっくりとほどく。小林さんの唇が「あ」の形に開いている。二人きりの空間に閉じ込められたみたいに、クラスメイトの声も先生の声も、何も聞こえない。

クロスしたときに右側になる方を下にして少しだけ長く持ち、下から上に通す。左側のタイの向きを整えながら、そのまま右側のタイを左側のタイの上から巻きつけ、できた輪に右側のタイを通して結び目を作る。

「前の学校ブレザーで、セーラー服着たことなかったんだよね」

「そうなんだ」

途中で話しかけられたのでそっけない返事しかできず、心の中でごめんねと謝る。ラインがきれいに出るように向きを整えて、リボンになる部分を細く、真っ直ぐに伸ばす。

「……できた」

小林さんは自分の結び目とわたしの結び目を見比べて、ありがと、と言ってくれた。

「小林さんは転校してすぐだから知らないかもだけど、全校集会で体育館に行くときって服装検査も兼ねてて、髪型はもちろん、女子はセーラーのタイ、男子は学ランのカラーとか、そういうのを入口でチェックされるんだよ」

一度だけ、先輩が入口で注意されているのを見たことがあっただけだった。

「あ、そうだったんだ」

「うち校則厳しいでしょ。体育教師に木谷って奴がいてね、今日の保健の先生とは違う嫌な先生で、そいつが入口に立ってるの。引っ掛かると放課後、職員室前の雑巾掛け。往復五回」

これは見たことすらない、ただの想像。

「え、最悪」

でも小林さんはわたしを疑うことなく信じてくれて、それがとても嬉しかった。わたしは得意になって話を続ける。

「だから、結び目はきれいにしておいた方がいいんだよ」

言い終わったところでサトセンの声が聞こえたので振り向くのをやめ、移動が始まったのでそれに続いた。一つ前の皆戸さんは美術部で、天然パーマの長い毛を無理やり結んでいるからかヘアゴムに収まらなくて後れ毛というかはみ出た毛が多い。だけどこの子はださいから、先生に注意されない。

タイの結び目はきれいに、スカートは長く。髪の毛は耳の下で結ぶ。

先生に注意されるのは大体これくらいで、だけどそれが明確に生徒手帳に書かれているわけではない。手帳に書かれているのは「服装は華美にならないように」という一言だけで、それを先生達が勝手に解釈している。

あとは一年生の間は白いスニーカー、ローファーは禁止とか、細かな上下関係を決めるルールもあるけれど、それを小林さんに教える必要はない。二年からは原則、先生にさえ怒られなければなんでもいいのだ。

体育館で座らされると、秋になって冷たくなった床がお尻を冷やしてくる。女子は体を冷やさないようにと保健の授業で習う割に、女子の制服は体を冷やすスカートで、暑がりの男子は長ズボンを穿《は》いているのが面白い。

面白いね、と言葉にはせずに振り返って小林さんと目を合わせると、彼女は大人びた冷めた目でわたしを見ている。笑いかけて体を元に戻す。小林さん、やっぱり真実よりもきれいな目をしているのかも。

冷めた目をしているっていうのはそっけないとかではなく、くだらないことでいちいち一喜一憂するような無駄がないっていうこと。クラスの男子はいまだに小学生みたいな、感情がくるくると変わる熱い目を持っていて無駄が多い。瑠奈さんみたいな目立つ女の子達もそう。だけど中学二年の十一月にもなって熱い目を二つもつけていたら空気に冷やされて疲れちゃうから、小林さんは賢い。賢いっていうより、聡明っていうのかな。今日の国語で辞典をパラパラ開いていたら出てきた言葉。

集会が終わり、みんなが戻る間にも、わたしは小林さんの目を見たくて何度も後ろを振り返る。驚きも困りもしない小林さんが面白くて、むしろわたしが照れちゃって、ふふっと笑ってしまう。

「名前聞いてもいい？」

小林さんの口が動いた。唇を見てから、目に視線を戻す。

「いいよ?」

目を丸く開き、駆け引きをするように口元だけで笑う。

「えっと、それで名前は?」

少し困った表情を浮かべる小林さんは、冷めた目をしている小林さんよりもずっと魅力的で、わたしはもっとこの子を困らせたくなってしまった。

——小林里香です。前の学校ではテニス部に入っていました。よろしくお願いします。

彼女の自己紹介を思い出し、ちょっとした悪戯《いたずら》を思いつく。

「わたしもリカって名前なの」

口だけでなく目でも笑う。

「小林さんと一緒」

「え、そうなの?」

小林さんはすぐに驚いたような表情を浮かべ、きれいな目がくるくると踊るように動く。わたしは嬉しくなって、

「漢字は違うんだけどね」

と続ける。

「すご、偶然」

小林さんは完全に信じた様子で、元の冷めた目に戻っていく。

「ね！　自己紹介のとき、わたしもびっくりしちゃった」

そう言ってすぐに、サトセンに立ち上がるよう言われた。前の人が歩いたところで、わたしは急に後ろを振り返る。

「嘘。本当は彩名って名前だよ。彩りに名前の名」

驚いてすぐに疑って、最後にゆっくりと困惑した小林さんの表情の移り変わりは一瞬だったけれど、スポーツ中継用のスーパースローのカメラを使ったみたいに、わたしの目はその全てを捉えた。

困惑したときの顔をまた見られたのが嬉しくて前に向き直ると、皆戸さんは数メートル先を歩いていたので、わたしは慌てて彼女を追いかける。

「嘘？」

という小林さんの声が聞こえたけれど、聞こえなかったふりをした。困った顔をする小林さんは、普段の賢そうな様子と違って、とても可愛い。

放課後、小林さんはテニス部の葉月さんに連れられて、その手には体操着袋らしきものを持っていたので、女子テニス部に入ることにしたのだとわかった。帰宅部のわたしは何もすることがなかったので荷物をまとめ、家に帰るだけだった。

土日、家で数学の宿題をやりながらも、わたしの頭の中は里香ちゃんの目のことでいっぱいだった。心の中ではすでに小林さんではなくて里香ちゃん呼びだ。

どうしたらあの目を独り占めできるんだろう。どうしたらわたしのことだけを見てもらえるんだろう。

そう思いながらも、あの子が女子テニス部に入ったということは、桃子さんとか、あとは葉月さんとかと一緒にいる可能性が高くなるのだと思った。葉月さんならどうでもいいけれど、桃子さんと一緒だとちょっと困る。桃子さんと同じグループの葵さんに、わたしの噂を流されてしまうかもしれない。

そこまで考えて、葵さんと里香ちゃんは給食の班が同じだったと気づく。しかも隣の席は森くんだ。最悪。昼休み、里香ちゃんは誰と過ごしているんだろう。授業と授業の間の休み時間は？　一番後ろの席についている里香ちゃんの動向を、前から三番目のわたしはうまく摑めていない。来週から、早く里香ちゃんを独り占めできるように作戦を立てないといけない。

昼ご飯をお母さんが持ってきたので、宿題を鞄にしまった。

「お父さんは？」

「休日出勤って」

「ふうん」

「ねえ彩名どう思う、お父さんの言うこと、信じていいと思う？」

お母さんはわたしが部活に入っていないことや友達がいないことも知っているけれど、何も言わない。むしろいつも優しくしてくれて、学校に行くだけで偉いと褒めてくれる。だけどお母さんも、新しく転校してきた子とわたしが仲良くなったと知ったらきっと喜ぶだろう。わたしに友達がいないことを地味に気にしているのを、わたしはわかっている。

共働きのうちの家庭ではご飯は全てお父さんが作ることになっているけれど、中学生になってからはお父さんの仕事が忙しいらしく、わたしのご飯はわたしが作り、余ったらお母さんに分けてあげることにしていた。そのうちお母さんはわたしに分けてもらうのを待つようになり、今では平日もわたしがご飯を作っている。今日は珍しく作ってくれるみたいだけれど、あまりオーバーなリアクションをしてはいけない。自分が期待されていると思うと、プレッシャーで何もできなくなるらしい。だったらわたしにもご飯を作ることを期待しないでほしいけれど、それは言い出せない。お母さんはこの世界で一番弱い人だから、わたしが守ってあげないといけない。

お母さんは人よりも辛い気持ちになりやすくて、繊細で、優しくて、だからお父さんのことが嫌いなのだ。

わたしが小さい頃、お父さんは家事を全然しなかったらしい。だけどわたしが小学生の頃にお母さんが体調を崩すようになってから、やったことない家事を一から覚えてやるようになった。だけどお母さんはそのことでお父さんにお礼を言ったことなんて一度もない。

わたしの学校のことでうちがさらに暗い雰囲気になったから、お父さんは帰ってきたくなくなっちゃったのかもしれない。お母さんが電話でおばあちゃんにそう言って愚痴《ぐち》っているのが、この間トイレに入っていたら聞こえた。

出されたのは水気の多いチャーハンだった。お母さんの作る料理は全部、味か水分量がどこかおかしい。小学生の頃、家庭科の調理実習で作った味噌汁があまりにおいしかったことで、わたしは自分の家のご飯がおいしくないのだと気づいてしまった。お母さんいわく、料理は生産的な活動じゃないから向いていないらしい。

「おいしい？」

そう聞かれて、うん、とすぐに答える。お母さんが不安になることはしてはいけない。新しい友達のことも、まだ話さない方がいいのかもしれない。友達とトラブルになることに比べれば、友達がいない方がお母さんは安心するだろうから。

「彩名ちゃん、次って教室移動だっけ？」

月曜日、二時間目の理科が終わるとすぐに里香ちゃんが話しかけてくれたので、わたしはできるだけ顔の筋肉をきりりと引き締めた。油断して緩み切った表情になんてなったら、里香ちゃんに軽蔑されてしまう。

「うん、着替えて体育館」

冷めた目をじっくり眺めながら答える。本当は、女子はダンスだからピロティに集合。でも里香ちゃんの困った顔を見たいし、体育館からピロティはすぐだし、大した違いじゃない。聞かれたら間違えたと答えればいい。

そんなことを考えていると、一緒に行こうよと里香ちゃんから言ってくれた。あれ、そういえばさっき、彩名ちゃんって名前で呼んでくれた?

「いいよ」

そう答えて体操着袋を手に取る。わたしの作戦では今日のお昼休みに話しかけるつもりだったのに、里香ちゃんの方から話しかけてくれるなんて。

中央階段を二人で降りる。いつも昼休みや教室移動では目立たないように北階段を使っていた。あそこは中央階段よりも幅が狭いから大人数で通るのに適さず、結果うるさい団体は少ない。

「里香ちゃん、北階段って知ってる?」

「使ったことないかも」

「音楽室とか理科室の近くにある狭い階段でね」

「へぇ」

興味なさそうに相槌を打たれ、わたしはたまらなくなった。もう少しだけ、困らせたくなってしまう。

「北階段はね、ぼっち階段って呼ばれてるの」

「ぼっち階段？」

里香ちゃんの眉間に皺《しわ》が寄る。梅干しを見たときみたいに唾が口の中に溜まって、うん、と言いながらそれをごくりと飲み込んだ。

「中央階段の半分くらいの幅だから、二人並ぶのでギリギリなの」

一人で通ったときを思い浮かべながら、わたしを見ている里香ちゃんの目を見ない、この贅沢。

「一人で通る子が多いから、ぼっち階段」

わたしもこんな呼び方をするのは初めてで、周りの子がそんな呼び方をしているのを聞いたこともなかった。だけど里香ちゃんがこっちを見てくれた。それだけで、罪悪感なんてどこかに吹っ飛んでいく。

「なんか嫌だな、その呼び方」

里香ちゃんの目は憂いを帯びていて、わたしは里香ちゃんのその目は見たくないと思った。

「ごめんね」

「彩名ちゃんが謝ることじゃないでしょ」

憂いが消え、いつもの冷めた目に戻った。

「よかった」

呟いて着替え、周りの子達がピロティピロティダンスダンスと繰り返しているのを聞いて里香ちゃんがピロティ集合じゃないかと言い出して、ごめんとまた謝ったら、謝ることじゃないよと流してくれた。

里香ちゃんは大人っぽい。見た目とか制服の着こなしは中学生らしくしているけれど、中身が成熟している。自分勝手なことをせず、いつも落ち着いていて、わたしを怒らない。

火曜日の昼休み、里香ちゃんが話しかけてくれた。月曜は結局どこかに行ってしまったので一人で過ごしていたのだけど、わたしの席まで来てくれた。

「何してるの？」

「なんにも」

わたしの筆箱を見ている里香ちゃんの冷めた目をじっくりと眺める。

「筆箱見ていい？」

「どーぞ」

ありがとー、と爽やかに言いながら、里香ちゃんはわたしの筆箱を丁寧に漁《あさ》る。その様子を見て、わたしはお気に入りだったペンのことを思い出した。

「この学校って色つきペンの本数の決まりってある？」

目が合って、いきなりのことだったからわたしは瞬《まばた》きをしてしまった。

「えっと」

何を聞かれたか、急いで頭の中で文字に起こす。色つきペンの本数の決まりを聞かれている。

「ないよ。英語の永林がたまにうるさいくらいで」

「よかったー」

彼女の目はまた下を向いてしまった。また、こっちを見てほしい。

「ねえ」

「ん？」

こっちを向いて、と言おうとし、変な子だと思われたくなくてやめた。

「つぎ英語だから筆箱、気をつけないと」

早口でそう伝えると、里香ちゃんは確かに、と笑ってくれた。里香ちゃんは眉毛も凜々しくて、口角はキュッと上がっている。だけど里香ちゃんの一番の魅力は目で、そのことにこのクラスの誰もまだ、気づいていない。こんなに素敵な子を、わたしは今、独り占めしている。

「トイレ行かない？」

里香ちゃんはわたしの筆箱のチャックを閉じ、頰杖をついている。トイレ、一緒に行ってもいいの？　そんな質問をしたらおかしいから、わたしは何も気にしていないような顔を作る。

「行きたいと思ってた」

三階のトイレは臭くて、まあ学校のトイレなんてどれも臭いんだけど、一階の保健室前のトイレは比較的きれい。もっときれいなのは職員用トイレで、一度勝手に使ったのを見つかってサトセンに怒られた。

トイレは珍しく空いていた。いつもなら女バスの子が占領している鏡の前にも誰もいなかったので、わたしは里香ちゃんとゆっくりタイを直すことができた。里香ちゃんはまだ自分ではタイをうまく結べないらしい。きれいで可愛くて完璧に見える里香ちゃんの、唯一の弱点。

「胸ポケットって使ってる？」

里香ちゃんに聞かれ、わたしは自分のポケットが目立たないように猫背を作る。

「えっと、あの、生徒手帳とか入れてるよ」

「あー、確かにサイズぴったりかも」

「でしょ。……はい、できた」

「ありがと」

なんで自分だとうまくいかないんだろうと里香ちゃんは呟く。本当は、わたしが教えているタイの結び方は人にやってあげるときの方法で、自分でやる方法を教えていないからなのだけど、そのことに里香ちゃんはまだ、気づいていない。


木曜の一時間目の数学、最後の問題に里香ちゃんが当たって、わたしは後ろから歩いてくる里香ちゃんを祈りながら見ていた。黒板を前に自分のノートを見て、里香ちゃんは数秒固まったように動きを止めた。わたしはこの問題はわからなくて、だから里香ちゃんがわからなくても仕方ないと思っていた。すぐ後に、黒板を叩くようなチョークの音が聞こえて、1という数字を書くときに、里香ちゃんはチョークへの力の入れ方を間違えたのか点線みたいになっちゃって、里香ちゃんの後頭部が照れて見えた。

それから里香ちゃんは正解を導き出して、先生に褒められていた。里香ちゃんは、わたしの友達は勉強もできるんだ。とても誇らしい気持ちになったと同時に、いつかわたしのことなんてどうでもよくなるんじゃないかと寂しくなって、わたしは爪で自分の手の甲を引っ掻いた。何度も同じように引っ掻くと溝ができて、赤くなって、放っておくと茶色になる。わたしの左手にはこうしてできた茶色い線がたくさんある。親も先生も里香ちゃんも気づかない、わたしの気持ちが動いたことを表す傷。

素敵で勉強もできちゃう里香ちゃんを、誰にも取られないようにするためにはどうしたらいいんだろう。

一日中、そんなことを考えていた。昼休みに里香ちゃんとトイレに行くときも、部活のない里香ちゃんと途中まで一緒に帰るときも、頭の片隅にはずっとそのことがあった。

家に帰り、冷蔵庫の中身を見て今日の夜は豚キムチにしようと決め、わたしはダイニングテーブルに頭を預けた。

どうしたら里香ちゃんの一番になれる？　どうしたらわたしだけを見てくれる？　どうしたら、どうしたら……。

この感情は好きとは違くて、もちろん嫌いではない。そのひと以外のことを考えられなくなることを恋と言うのであればこれは確かに恋なのかもしれないけれど、わたしは里香ちゃんと付き合いたいわけではない。わたしは一番に、たった一人になりたいだけ。

テーブルに爪を立てる。

すぐに傷のつく手の甲と違って、木製のテーブルは簡単には傷つかない。だけど辛抱強く、諦めずに同じところに力を加えていると、少しずつ線が見えてくる。爪が折れない限り。

「里香ちゃん、里香ちゃん、里香ちゃん、里香、ちゃん、里香……」

里香。

答えは、呼び名を半分に分けたところにあった。お互いに、呼び捨てにしたらいい。ちゃん付けだとただの友達だと思うクラスメイトも、呼び捨てし合っていると知れば、わたしと里香ちゃんの仲の良さがわかる。

「きーまった」

明日の昼休みに里香ちゃんに言ってみよう。いや、できるだけ早い方がいいから朝がいいかな。金曜日は女テニの朝練があったはずだから、八時に学校にいたら早めに里香ちゃんに会えるはず。

お母さんが帰ってきたので炊飯器のスイッチを入れ、わたしは大変なお母さんを支える優しい娘の表情を素早く身につけた。

「りーかちゃん」

朝練終わりに葉月さんと教室に戻ってきた里香ちゃんに、大きく手を振る。

「じゃあまた、部活で」

里香ちゃんは葉月さんにそう言って、どうしたの、とわたしの席まで来てくれる。今日も昼休みはもちろんわたしと過ごすつもりだと、葉月さんにも遠回しに伝えてくれたみたい。里香ちゃんと同じ部活ってだけで葉月さんは少しいい気になっているから、里香ちゃんから伝えてくれて、わたしも助かった。

「あのね、わたし思ったんだけど」

「うん」

里香ちゃんは荷物を持ったまま前の山岸くんの席に座った。

「そろそろ、ちゃん付けやめない？」

「ああ、確かに」

「わたしのことは彩名でいいし、わたしも里香って呼んでいい？」

ぎい、と椅子を引く音がしたのでその方向を睨むと葉月さんがいた。せっかく里香ちゃんとの幸せな時間なんだから、邪魔をしないでほしい。

「うん、彩名ね」

冷たい目が、こちらに向けられている。わたしだけを見ている。

「よろしくね、里香」

そう言って笑うと、ちょうど桃子さんが教室に戻ってきた。わたしはまだ里香と話していたかったけれど、彼女は自分の席に戻ってしまった。

女テニの上下関係とかもあるもんね。里香はまだ入ったばかりだし、わたしのことは気にしなくて大丈夫だよ。

そう心の中で思いながら振り向くと、里香は困ったように笑ってくれた。やっぱりわたし、この子の困った顔が大好き。

体育が終わったら、わたしが里香のタイをきれいに結んであげるんだ。

体中が幸せに包まれたような感覚になる。窓の外はよく晴れている。今日はわたしと里香の呼び捨て記念日だ。薄橙《うすだいだい》のカーテンが膨らんで、太陽の光が教室に差し込む。その光を浴びていると、世界中がわたし達を祝福しているように思えた。そんなに大げさに祝わなくてもいいのにと照れていると、クラスメイトが続々と登校してきて、サトセンが朝学活を始めた。

一時間目の体育はこの間の続きでダンスだ。わたしはダンスがとても苦手で、手と足が違う動きになるともうリズムすら取れなくなるのに、里香はそつなくこなしていた。二学期の終わりにグループごとに一曲発表をしないといけないなんて憂鬱でしかないけれど、里香と同じグループになれたから大丈夫。

「ファイブ、シックス、セブン、エイ、ワン、ツー……」

先生が手を叩いてカウントを出し、わたし達は決められた動作をそのまま行う。ダンスの良し悪《あ》しがわからないわたしにとっては、ラジオ体操と同じ感覚だ。

「みんなと動き合わせて、呼吸もね」

ツーエイト踊ったところで先生はそう言った。別に、名指しで叱られたわけじゃない。期間限定の講師として来ているあの先生は、わたしの名前すら知らない。だけど、先生はわたしの目を見てそう言った。黒染めしたような青に近い黒髪を、バレエの発表会みたいに後れ毛一つなく結んだ先生。この授業が終わったらいなくなる、今だけの先生。

「じゃあここまでを各自自主練で」

「はい、ありがとうございます!」

女バスの地味な子が、ここぞとばかりに体育会系ぶった返事をした。里香もそれに続いたので、わたしも嫌々お礼を言った。

「先生は仕事で教えてるのにお礼言わなきゃいけないのっておかしくない?」

更衣室、端っこに追いやられたような定位置で、わたしは里香にこぼしていた。

「まあわからなくはないけど、仕事だろうが仕事じゃなかろうが、何かしてもらったときにお礼を言うのは悪いことじゃないんじゃない?」

「ええー」

「だってその方が、面倒じゃないでしょ」

「そうかなぁ」

体操着のズボンを下ろす前にスカートを穿く。こうすると下着を見られることがないので、女子更衣室では当たり前の光景。もしかして男子はお互いのパンツを見せ合っているのかな。見せ合うことはないとしても、見えちゃうことはあるのかな。

「でも女子だけダンスっておかしくない？」

わたしの不満は別のところに移る。

「わかる。男子はいいよね。ダンスだけじゃなくって、女子だけスカートだし。昔は家庭科も女子だけで、男子はその時間は技術の授業だったらしいよ」

「はんだごて、女子はやれなかったってこと？　昔の女子かわいそー」

「だからさ、これから変わっていくのかもよ」

知らんけどと言いながら、里香がタイを結ぼうとするのでその手を取り、わたしが結んであげる。わたしの言葉を否定せずに新しいことを教えてくれる里香にも、ちゃんとできないことがある。

「ありがとう」

里香はされるがままになっている。わたしに体を委ねている。

「できた」

わたし達は、タイの結び目がきっかけで仲良くなることができた。里香もそう思っているに違いない。そう考えると、女子だけセーラー服というのはそんなに悪いことでもないのかもしれない。


翌週、昼休みに里香の席まで話しかけに行き、わたしはささやかなプレゼントをあげた。

「これ」

「え、何?」

嬉しいような困ったような、里香の顔。アクセサリー屋さんで見かけるピアスみたいに、ふるふると揺れる黒目。しばらく見ていたいようで、誰にも見せたくないから早くその表情をやめてほしいような、不思議な気持ちになる。

「四色ペン。シンプルだから、筆箱検査に引っかからないの」

「え、どういうこと」

大事そうにペンを両手で持っている里香の困ったような表情は、だんだん薄れていく。ライラックピンクと店頭のポップに書かれていた本体の色は、窓の光を受けて紫とピンクの間を揺れ動く。

「あげる」

「え？」

「プレゼント。仲良くなった記念？」

「……そんな、もらえないよ」

「え？」

なんでそんなこと言うんだろう。一昨日《おととい》、数学のノートが切れて文房具屋さんに行ったときにこのペンを見つけて、ちょうどお小遣いが出た日だったから里香の分も買ったのに。喜んでくれると思ったのに。

「お揃いなんだよ？」

里香の手を引いて自分の席まで行き、筆箱の中を見せる。里香のと同じ、ライラックピンクの四色ペン。この間は筆箱の中になかったペンを取り出して、買ったばかりのノートの一番後ろを開き、色を切り替えて一本ずつ線を引く。

「赤と、ピンクと、紫と、紺。里香が好きな色を、一人で選んだんだよ。どうしていらないとか言うの」

「いらないなんて言ってないよ。ごめん、申し訳なくなっちゃって、お金とか」

「ねえ、もらってくれるの？」

言い訳は聞きたくなかった。わたしがあげたいものを受け取ってくれるかどうか。それだけが大事なことだった。

だって、このペンがクラスに一本しかないなんておかしいでしょう？

「……ありがとう。大事に使う」

　里香が両手で持っていたペンを右手に持ち替えたので、わたしは自分のノートの端っこを千切って差し出す。里香はまた戸惑いを顔に浮かべたけれど、ペン先の青いインク止めを爪で引っ掛けて外し、サラサラと円を描いた。

　これを買ったせいでわたしの今月のお小遣いはもう残り少なくなっちゃったけれど、里香は喜んでくれたし、わたし達の仲が良いことを周りに示せるようになったし、本当に買ってよかった。お菓子やお金は学校には持ってこられないから、文房具をプレゼントしたのは我ながらいいアイデアだった。

「里香」

　やめどきがわからないように円を描き続けている里香が、顔をあげる。

「わたし達、親友だよね」

「え？　ああ、うん」

「わたしと友達になりたいって言ってくれて、本当にありがとうね」

　里香は少し首を傾けてから、こちらこそと言って笑ってくれた。こんなに素敵な転校生が来てくれて、本当によかった。

第二章

3

「今回の座席、くじ引きをした結果はこんな感じになったんだけど」

担任の荒井先生が、プリントした座席表を私達に配る。

「田辺くんと小山内《おさない》さんは目が悪いから一番前に配置し直すのは決定しているっていう条件はあるけど、そのほかに気になるところはある？」

「石上くんと尾頭くんが隣にいるのが気になります」

学級委員の新垣くんは、硬い表情で言った。

「そうね、それは先生も気になってた。小林さんはどう？」

「末村さんは今も一番前の席なので、また一番前だと気にするんじゃないかと思います」

「確かに、末村さんと小山内さんの席を交換しようかな」

先生はそう言いながら手元の座席表に書き込みをする。うちのクラスでは、席替えの座席について男女それぞれの学級委員と担任が話し合って決定することになっていた。荒井先生は前の学校にいたときからこの方法をとっていたらしく、クラスのことを一番よく知るのは先生ではなく生徒だからと一年生の初めての席替えのときに言われた。二年になっても私の担任は替わらず、私はずっと学級委員だった。なので私は一年とちょっと、クラスの座席を決めることになっていた。

あの日も、二学期になってすぐの席替えで、いつもと同じように放課後の教室で話し合っていた。最初の頃は班に一人も話し相手がいない子ができるだけいないようにということを気にしていたけれど、半年前くらいから、私は密かにクラスの改革をしていた。クラスから浮いている子を、その子と性格の合いそうな子の近くに配置し、班も同じにすることによって、自然と仲良くしてもらうのだ。席が隣だと教科書を忘れたときに見せ合うこともあるし、毎日の給食や放課後の掃除で話す機会も増える。あの子と仲良くしてあげて、なんて不自然な馴染ませ方をしなくても、しっかりとクラスに溶け込ませることができるのだ。

私が友達のいない子全員と仲良くしてあげられれば一番いい。ただ、うちのクラスではそういう子が一人固定でいるのではなく、数ヶ月ごとの周期で変わっていく。先週まで仲良く腕を組んでいた子達が、いきなり口も利かなくなることも珍しいことではない。そのたびに私が話しかけていては、私が話しかけたことで仲間外れにされていることが確定という流れが生まれて、無視される子は私に話しかけられることも拒んで一人になってしまう。

「あとは気になるところある？」

「そうですね……」

先生と新垣くんが喋っている間、私は手書きで変更が加えられた座席表の隅から隅までじっくりと見る。今回の席替えでの私の目標は末村さんを吹部《すいぶ》の子達のグループに入れることだったので、今の席で問題ない気がした。

二人の話題が終わったところを見計らって、私も口を開いた。

「大体、こんな感じでいいと思います」

「じゃあ明日の五時間目、学活の時間で席替えするから。よろしくね」

先生はそう言って、職員室に戻っていった。


翌日の学活で実際に席を動かし、新しい座席で周りを見回したとき、あることに気づいた。女バスと帰宅部の四人グループが離れ離れで、誰も同じ班になっていない。彼女達と仲のいい男子も班にいない。クラスから浮いている子を馴染ませるということに注力した結果、班に一人も話し相手がいない子が生まれないようにという当初の目的を忘れていた。

——里香ちゃん、今回もよろしくね。うちら離したら許さないから。

笑い声と一緒に言われた言葉が、急に蘇ってきた。今更席を替えましょうと先生には言えない。握ったままのシャープペンシルのグリップが、だんだんと湿ってくる。

その日は合唱コンクールのための話し合いがあったので、その後は音楽委員が話を進めていた。何も記憶がないまま家に帰ると、クラスのLINEから退会させられていた。

翌朝、覚悟はしていたが、教室に入って挨拶をしても誰も返してくれなかった。顔を思いきり背けられて、悪口を言われるのならまだいい。私はまるで、そこに存在しないかのように扱われた。昼休み、いつもなら女テニの子達が話しかけてくるのに、今日は給食を片付けて話しかけようと思った頃にはみんないなくなっていた。誰もいない教室で、出されたばかりの宿題をすることにした。

クラス全員に無視されるなんて、初めてのことだった。

勝手に心配していた末村さんは私の予定した通りの友達を作り、最近はその子と登校してくる。私が提案したおかげなんだけど、頼まれたわけじゃないし、密かにやっていたことだから先生も気づいていないかもしれない。

一人でいるところを荒井先生に見つかったらなんて嘘をつくかを考えるのが習慣になった。家に帰って、昼休みに自分で作った話を友達との会話として親に話すのが日課になった。誰も話しかけてくれないし自分から話しかけてもいけない給食の時間や掃除の時間に、班の人の邪魔にならないように気配を消すのが上手くなった。私が無視されているという噂は部活でも広がり、授業が終わってからも更衣室で一人で、着替えるようになった。私の知らない話をみんながしていて、私がいなくてもみんなが笑っていた。

自分を消すのが得意になって、親や先生を誤魔化すのが日常になって、それでも私は学校に通い続けた。机の木目ばかり見ているせいで、布団に入って目を閉じるとその模様が浮かんでも、先生以外の目を見ることなく家に帰る日ばかりでも、大人に心配をかけてはいけない。私はみんなに頼りにされる、クラスメイト思いの小林里香でいないといけない。

そうじゃないとお母さんは、先生は褒めてくれない。

私の優しさはどんどんエスカレートして、今では自分を犠牲にして、誰かに介入しないと気がすまなくなっている。

きっかけは、小学校に入った弟の陸が学校に行きたくないと言い出したことだった。幼稚園に通っていた頃から体が弱く、早生まれだったこともあって周りの子よりも小さかった。弟に手を焼くお母さんの口癖は「お姉ちゃんなんだから」になり、お母さんが私の方を見てられないのは当たり前だった。

弟を心配したお母さんは、一緒に学校に行ってあげることにしたのだと私に伝えた。だけど、もう四年も小学生をやっていた私からすればそれは逆効果で、私と一緒に行く方がまだましだと伝えた。

お母さんは心配していたが、一週間も一緒に行くと弟は一人でも行けると言うようになり、やがて友達と登校し始めた。

「里香のおかげ。ありがとう」

そう言って、お母さんが陸に内緒で洋服を買ってくれた。ずっと欲しかった、キャラクターのワッペンがついたフード付きのパーカー。いつも、無地の地味な服しか買ってくれなかった。子供はすぐに大きくなるのだから、陸と里香が同じ服を着た方がいいでしょう、そう言われていた。そのパーカーは、お母さんが初めて、私のためだけに買ってくれた洋服だった。何より、普段あまり褒めてくれないお母さんが、私のことを褒めてくれた。パーカーの紐を引っ張り、これは自分が好きにしていい服なのだと感じるのが、密かな楽しみになった。

また、陸が学校に行けなくなればいいのに。そうしたら、里香のおかげって言ってもらえるのに。

陸が学校に行けるようになってから、そんな考えが浮かんでしまう。しかし陸の体は自然と強くなっていき、学校に行きたくないと言い出すこともなくなった。

そこで私が目を付けたのが、クラスにいる、学校が楽しくなさそうな子だった。昼休みに一人でいる子を見つけると、話しかけて一緒に時間を過ごした。いじめにつながりそうな場面に出くわすと、やりすぎじゃない？　と空気が悪くならないように伝えた。

お母さんにそのことを話すと、やっぱり褒めてもらえた。その日のおやつは陸よりも多く出してくれて、家庭訪問で先生が「小林さんのおかげでとてもいいクラスなんです」と言ってくれたときなんて、私の頭を撫でてくれた。

だけど、私が誰かを助けているのが当たり前になっていくと、お母さんは褒めてくれなくなった。誰かの役に立たないと、私は褒めてもらえないのに。

もっと誰かを助けないと。もっと誰かの役に立たないと。そんなことばかり考えて生きてきた結果がこの現状なのだとしても、私は人を助ける以外にやるべきことが、もうわからなかった。


クラス全員に無視される日々が一ヶ月ほど続いた頃、お父さんの転勤が決まった。会社の転勤手当の都合で、学期の途中で転校しないといけなくなったが、私は全然大丈夫と笑顔を作った。お母さんは私と陸を可哀想だと言ったけど、このまま今の学校に通い続ける方が嫌だったので、気にしないでと笑った。

先週、末村さんからLINEが来ていた。クラスLINEからは退会させられたけれど、元々友達登録していたらしい。

【最後の席替え、私と小山内さんを交換したらって提案してくれたの、里香ちゃんだったんだね。新垣くんに聞いたよ。二学期になって急に友達に無視されて、学校なんて楽しくないって思ってた。でも今、私とっても楽しい。里香ちゃんのおかげ。なのに無視したりして、本当にごめんなさい。とても感謝しているよ。ありがとう。新しい学校でも元気でね】

その文章を読んで、すぐに思い出したのは彩名のことだった。クラスでいない人のように扱われている、無視されている彩名。彼女のことを、私なら救ってあげられる。末村さんみたいに、わかってくれている人もいる。またこの学校で、新しく頑張っていけばいい。私のやってきたことは、間違ってなかったのだ。

＊

「ごめんなさい、高野先生なかなか捕まらなくて」

「いえ、全然」

佐藤先生が申し訳なさそうに眉を寄せている。進路室には鍵がかかっていて、鍵を管理している高野先生に佐藤先生が借りに行っている間、私は廊下で立ちっぱなしだった。

前の学校でのことを思い出すのは、転校してから初めてのことだ。

――うちのクラスの生徒が亡くなったの。

そんな話を佐藤先生がしたからかもしれない。私が転校してくる一ヶ月前に亡くなったと言っていた。前の学校でクラスの人から無視され始めた時期だから、自分とその子を重ねてしまったのかもしれない。

初めて通された進路室は埃っぽく湿った空気で、パーテーションで区切られた先に折りたたみ式のテーブルとパイプ椅子が二脚ずつ対面で置かれている。手前に案内され、先生は最初に言わなくてごめんなさい、とまた謝った。

「生徒達のショックをケアしたりとか、アンケート取ったりとか色々あるから、転入生は別のクラスに、ってお願いしたんだけど、うち以外の二年のクラスはどこも教室に余裕がなくて」

「アンケート？」

気になったところを口にすると、先生は苦い顔をして言った。

「その、いじめとかね」

「自殺ってことですか？」

「警察は事故って処理したの。事件性はないって」

佐藤先生の歯切れは悪く、そもそも何があったのかすらわからない。黙っていると、先生が事件の概要を話し始めた。

その女子生徒は火曜日の放課後、電車に轢《ひ》かれて亡くなったらしい。遮断機の降りた踏切内に立ち止まった彼女はそこを動かず、電車が来てしまってそのまま帰らぬ人になったそうだ。

「周りの人は気づかなかったんですか？」

「運転士は警笛を鳴らしたそうだけど……」

先生はそう言って目を伏せた。実際に彼女は亡くなっているのだから、私が今更何か聞いても無駄なのだろう。

「もちろん、事件性がないと言われても、ちゃんとクラスでアンケートを取っていじめの調査もしたの。何回も、聞き方を変えて」

アンケートでいじめが見つかるわけがない。もしも私が前の学校にいたときに自殺したとしても、死んだ私のために証言してくれるクラスメイトなんて一人もいないだろう。そんな良心が残っているのであればそもそもいじめなんてしないし、死んでしまったいじめられっ子と違って、いじめていた人や傍観者には未来がある。自分の内申点が低くなるだけの告発をするモチベーションが、いじめた側にはないのだ。

黙っている私を見て、先生は少し慌てたように、早口になっていく。

「それからはクラスのみんなを信じることにして、みんなをケアすることに力を入れようと思った。一人一人を呼び出して相談に乗ったりもした。不安定になる子もいたけれど、スクールカウンセラーの先生にも助けてもらって、ようやくクラスが平穏を取り戻していたの」

なんだか、平穏なクラスを私が壊しにきているような口ぶりに思えた。私がこのクラスを選んだわけじゃないのに。

「……なんて、転校初日に言われても困ると思って。ちゃんと話せてなくてごめんなさい」

「いえ、大丈夫です、全然」

「そう言ってくれて安心した。それで、話してすぐにこんなこと言って申し訳ないんだけど、この話は、クラスでは口にしないでほしい。つまり、聞かなかったことにしてほしい」

ゆっくりと、瞬きをしてしまった。

「さっきも話したんだけど、うちのクラスはようやく平穏を取り戻したところなの。前の学校から送られてきた内申書を見たんだけど、小林さん、前は学級委員をやってたのね。クラスを運営する大変さって、わかってもらえると思うんだけど」

嫌な思い出がよぎったが、はい、と静かに返事をした。

「これまで通り、普通に過ごせばいいってことですよね」

「申し訳ないんだけど、そうしてくれるとすごく助かる」

「大丈夫です、できます」

「ありがとう。本当に助かる」

佐藤先生がホッとしたような笑顔を見せた。大人が私に期待する顔を久しぶりに見た気がする。私はこの顔が見たいから、この顔を見られているときだけは自分を肯定できるから、前の学校では馴染めない子の座席を考えたし、この学校でもクラスから外れている子と仲良くしてあげようとしている。先生だって褒めてくれるし、私はいいことをしているのだ。

「じゃあ……」

話が終わって立ち上がろうとすると、先生がちょっと待ってと声をかけてきた。

「全然関係ない話なんだけど」

「はい、なんですか？」

「小林さん、最近渡辺さんと仲良くしてるでしょ？」

「渡辺さん……。あ、彩名ですか？」

初めて会ったときから名前で呼び始めていたので、苗字にピンとこなかった。先生は頷いてから話を続けた。

「渡辺さんは結構、不安定な、変わったところがあるじゃない。小林さんが転校してくる前はクラスでも一人でいることが多くて」

「変わったところ……」

初対面で私と同じ名前だと名乗ったことを思い出した。

「面白い子だなとは思いますけど」

「うん、まあそうね。面白い子かもしれない。それに、うん、そうだと決まったわけじゃないものね、結局わからなかったし」

独り言のように言う先生に、あの、と問いかける。

「彩名がどうしたんですか？」

「いや、ううん。渡辺さんがどうとかじゃなくて、小林さんも転校してまだ日が浅いじゃない。渡辺さんに固執せずに、いろんな友達を作るのがいいんじゃないかなって」

「固執？」

英語の授業で知らない単語が出てきたような感覚だった。先生はバツが悪そうな顔をして、そういう意味じゃないのと言った。

「小林さんは優しいから」

「優しいから、何なんですか」

私の苛立ちを勝手に察したように、先生は首を振って大人じみた微笑みを浮かべる。

「ううん、いいの。私の勘違いだと思う」

先生がチラリと目線をやった方向を見ると、時計は四時十五分を指していた。

「部活、行かないと」

立ち上がった私を止める人は誰もいなかったので、私は挨拶もそこそこにそのまま進路室を出て教室に戻り、体操着を持って部活に急いだ。


「お疲れー」

部活が終わり、一人でネットをかけるポールを片付けていると寺田さんに声をかけられ、振り向くとC組の唯川さんもいた。二人は試合に出るときのペアで、練習の合間によく私に話しかけてくれる。寺田さんとは体育のダンスのグループも一緒なので、彩名がいないときにはこうして話すことも増えた。

「お疲れ」

本当に疲れていたのでそれだけ返すと、ポールは一年が片付けないといけないのにね、と唯川さんが肩をすくめた。

「一緒に持つよ」

一人で引きずるような体勢で持っていたポールの下半分を、二人が持ってくれた。

「唯川さんって」

C組だよね、と確かめる必要もないことを聞こうとしたら、彼女に笑って遮られる。

「美映《みえ》でいいよ」

「じゃあ私も葉月で」

「便乗すな」

二人のやりとりを見て、私はぼんやりと笑う。部長の山吹さんや副部長の桃子ちゃんがいないと、彼女達はようやく息ができるという感じで言葉数が増える。体育倉庫にポールをしまい終わり、私は二人の顔を順番に見た。

「じゃあ、美映と葉月」

「よろしい」

美映が笑い、二人といるときは変な緊張感がないなと思った。葉月はクラスにいるときは安堂さんという吹奏楽部の子と仲良くしていて、クラスの中心メンバーというわけではない。だからなのか彼女達の元々の素質なのかわからないが、二人は私を値踏みするような視線を送ってこなかった。

――渡辺さんに固執せずに、いろんな友達を作るのがいいんじゃないかなって。

佐藤先生の言葉を思い出す。確かに、私は彩名に固執していたのかもしれない。クラスには他にもたくさんの生徒がいて、きっと話してみたらみんないいところがあって、一緒にいて楽しいと思えるのだと思う。彩名しか友達がいないという段階で彼女以外の友達を作ろうとしない様子は先生から見たら固執しているように見えただろうし、心配されるのも頷けた。

――固執？

できるだけわかりやすく苛立ちを表現しようとした自分の、子供っぽい態度が急に恥ずかしくなった。

「里香ちゃん？」

葉月がこっちを振り返って心配そうに見ている。歩みを止めてしまっていたらしい。なんでもないと笑って、私は二人を追いかける。

「てか、里香でいいよ」

そう言うと二人はやったーと大袈裟《おおげさ》に喜んでくれて、私は穏やかに笑うことができた。

部活終わり、顧問と部長の挨拶の後に二人が声をかけてくれたので、更衣室まで一緒に行き、三人で帰ることになった。

「ようやく土日だよー」

葉月が伸びをする。真似をして両手をクロスして前に伸ばすと、整理運動では伸ばしきれなかった手のひらの筋がゆっくりと伸びて、一日の疲れが手のひらから出ていくような感じがした。

「金曜って荷物重いから嫌い」

美映は給食当番だったらしく、白衣に体操着にと確かに大荷物に見えた。

「二日間の休みには代えられないでしょ」

「それもそう」

「前の学校、土曜の午前も部活あったな」

ふと思い出して苦い顔をした。

「え、最悪じゃん」

「週休一日とかブラックすぎ」

二人が可哀想にと慰めてくれたことで、前の学校でのことを自然な話題として人に話せたことに気づく。

「前の学校でもテニス？」

「そう。女テニだって」

美映の質問に葉月が答えたので、里香に聞いてるんだけど！　と美映が笑った。

「前も後衛だったの？　里香普通にうまいよね、次の大会出れるんじゃない？」

「春のやつ？」

また葉月が答えたので、

「ちょっともう葉月会話泥棒すぎるんだけどー」

と美映が言った。後衛だったことや前の学校では二番手のペアだったことなどを、できるだけ嫌味に聞こえないように話しながら、こんなことを聞かれたのは転校して初めてだと気づいた。彩名は私に前の学校でのことを聞いてこない。私のことを知りたいと思ってない感じがする。あの子が仲良くしたいのは、本当に私なのだろうか。

「今週塾のテストなんだよね」

「え、美映って塾通ってんだ」

会話が別の方向に逸れたところで私は右に、二人は左に曲がる交差点に着き、また来週ねと手を振って別れた。

二人と話して楽しかったのに、なんだかどっと疲れた気分。彩名以外と話してみることで改めて、彼女の変わっているところに気づいてしまった。私のことを大好きなようでいて、私に興味を持っていないように見える彩名。

きっと彼女は、人と距離を詰めるのが苦手なのだろう。初対面で名乗るときから嘘をついてみたり、人の気を引くために変なことをしたりするところがある。葉月や美映とは仲良くなったきっかけもあやふやな感じで、一緒にいるのが楽しいと思っているうちに、いつの間にか仲良くなった。けれど彩名とはそうではない。仲良くしてあげようと決めたから、それで私が楽しいかどうかは関係ない。先生が仕事として私達の相談に乗ろうとするように、私は義務づけられているように彩名に話しかけてきた。

先生の言う通り、彩名に固執するのはやめてもいいかもしれない。だけどあの子と仲良くしてあげられるのは私だけだとも思える。そう思うと胸が少し くすぐったくなり、夕日に照らされたアスファルトが、いつもよりも艶《つや》やかに見えた。

土日はお母さんが注文してくれた新しい洋服ダンスに私服を入れたり、自分の部屋のレイアウトを整えたり、新しい家を過ごしやすくしているだけであっという間に過ぎていった。気になって事故について調べてみたが、検索ワードが悪いのか、それらしきニュースは見つからなかった。


「里香っちー」

月曜日、社会と理科の間に前の席の葵ちゃんが振り返ってきた。彩名の目が気になったが、先生に言われたことを思い出し、そのことを頭の中から追い出すように払う。

「どしたの?」

「ノートなくなってたの忘れてて、一枚くれない?」

「いいよー」

メモがわりに持ち歩いているルーズリーフの束を手渡す。前の学校では使用してよかったルーズリーフも、この学校では授業のノートとして使うのを禁止されていた。たくさん買ってあったから、こうして誰かにあげたり、計算用紙にしたりしてこっそりと消費していたのだ。

「ありがとー」

葵ちゃんは二枚取って前に向き直る。一枚って言ったのにと思いつつ、他に使うアテもないので黙っていた。

理科の教科書とノートを机の上に並べ、シャープペンシルの芯が切れていないか確認する。カチカチ、という音を鳴らして無駄に芯を折ったりして、つまりこれはただの暇つぶし。授業まではあと三分。彩名に話しかけに行くには微妙な時間だし、かといって何もしないのには長い時間だ。

それでもやることをなくして時計の針が動くのを眺めていると、葵ちゃんが頬杖をついて誰かのことを眺めているのに気づいた。誰を見ているのかを当てるクイズが始まったみたいに、私は彼女の目線の先にいる人を探ってみる。

方向としては彩名の方、右斜め前だった。彩名を睨んでいるのだろうか。そんなことをする意味はないはずだけれど。先生が入ってきて、日直が慌てて黒板を消しに行く。その様子を眺めてから、彩名の方角よりも少し右側を見ていたと気づいた。

彩名の右側にいる付近の男子は、隣と、斜め前に一人ずつ。彩名よりも右方向っていう条件でいくとどちらも怪しい。葉月に聞くところうちのクラスにはクラス内カップルはいないらしいから……。

そう考えていたところでチャイムが鳴り、私の思考は強制的に終了する。号令に合わせて礼をし、席につく。葵ちゃんは一体、誰を見ていたんだろう。

「小林」

急に、羽鳥先生が私の名前を呼ぶ声がした。

「はい」

「前回って教科書何ページまで進んだ？」

「えっと……」

自分のノートと教科書を照らし合わせ、無事答えることができた。羽鳥先生はクラスごとの進捗をちゃんと記録していないらしく、授業のたびにこうやって生徒に前回のページを聞く人だった。一番後ろの席は好きだけれど、こういうときに指されることを予測できないのが嫌なところだ。

「じゃあ斎藤、教科書一段落読んで」

「はい」

葵ちゃんの音読の声は透き通っている。今日の二つ結びは根本を軽くねじってあって、派手ではないけれど手の込んだ印象だ。開けっ放しの窓から吹いてきた風に、後れ毛が優しく揺れている。

理科の羽鳥先生は教科書を生徒に読ませている間にその範囲の板書を完成させ、板書ができてから説明をする人だった。喋りながら書くことができないのだろう。裾の汚れたよれよれの白衣に眼鏡、それから白髪まじりのふわふわの髪型は、お世辞にもおしゃれとは言えない。

葵ちゃんが読み終わると、先生はありがとうとも言わずに次の人を指名し、先生の板書の範囲が終わった途端、自分がしたい説明を一方的にしていた。彩名はこの先生をキモいと笑っていたけれど、私は結構好きだった。余計な詮索とか心配とかを押し付けてくるような先生よりも、科学にしか興味がありませんという雰囲気の先生の方が、専門教科を教えてもらうには信頼できる。

授業は淡々と進んでいき、最初に当たった私はもう板書を写すだけだとわかっているので、気を抜いて授業を聞いていた。

「次のところを阿部」

「はい」

鼻にかかった高い声の彼は、さっき葵ちゃんが見ていた方角に座っていた一人だ。彩名の右隣の男子。坊主ではないが短く揃えられた髪の毛の毛先は頼りなく折れている。あまりクラスで存在感があるタイプではない。

「次、三上」

「はい」

阿部くんの前に座る男子は、ものすごく低いというわけじゃないのに、静かで落ち着きのある、大人っぽい声だった。阿部くんか三上くんのどちらが葵ちゃんの好きな相手だろう、そんなことを考えるまでもなく、きっと三上くんなのだろうと思わせる説得力があった。女子の人間関係の把握に注力していたので、男子の誰が強いのかは考えてもいなかった。

三上くんの背中を眺める。きっと、この人はうるさく騒ぐこともないのにずっとクラスの中心にいるタイプで、彼のことを好きな女の子もこの教室に何人かいるのだろう。葵ちゃんがその一人だとしても、全く不思議ではない。

単なる暇つぶしから始まった葵ちゃんの好きな人予想は、その日の給食の時間、確信に変わった。森くんと会話をする葵ちゃんが、しきりに「三上くんは？」と聞いていたのだ。クラスメイトのささやかな秘密を手に入れてしまった私は、気づかなかったふりをしようと思った。

昼休み、彩名に話しかけようと思って立ち上がったところで向こうが先にこちらにやってきて、何かをこちらに押し付けるように渡して唐突に言った。

「これ」

「え、何？」

困惑しながら、手の中にあるものを眺めてみる。薄紫色のペン、に見える。今日は何の日だろう。黒板で日付を確認しても、何の日でもない。私の誕生日は二ヶ月も前で、祝ってもらえることもなく転校することになった。彩名の誕生日だろうか。自分の誕生日に、私にプレゼント？

「四色ペン。シンプルだから、筆箱検査に引っかからないの」

「え、どういうこと」

「あげる」

「え？」

もらったものがペンであることは確定しても、なぜくれたのかはよくわからないままだ。そういえば前に英語の永林の筆箱検査が厳しいとか、そういう話をしてくれた記憶がある。

「プレゼント。仲良くなった記念？」

彩名の言葉の語尾はつんと上がっていて、記念？　と聞き返したい気持ちでいっぱいだった。何でもない日にプレゼントをもらうなんて、あまり良くない。お金の貸し借りみたいで、変な上下関係が生まれてしまいそうだ。

「そんな、もらえないよ」

「え？」

彩名は一瞬で、今にも泣き出しそうな顔に変わった。それから私の右手首を握ったと思ったらいきなり強く引っ張って、自分の席に連れていこうとする。痛いからやめてと言おうとしたけれど、連れていかれてしまえば引っ張られることもないと思い、そのまま移動した。もらったものは両手で持ちなさいと両親に言われて育った私はペンを両手で持ったままで、彩名に腕を引かれている間、手錠をかけられて連行される容疑者の気分だった。

「お揃いなんだよ？」

自分の筆箱から私が持つのと同じペンを取り出して深刻な表情で続ける彩名が、少し怖いと思ってしまった。私はいきなりプレゼントを渡されて困っているのであって、それがお揃いかどうかなんて関係ない。

「赤と、ピンクと、紫と、紺。里香が好きな色を、一人で選んだんだよ。どうしていらないとか言うの」

「いらないなんて言ってないよ」

もらえないとは言ったけれどいらないとは言っていないので単なる事実としてそう伝えたつもりだったが、彩名の目が潤んでいたので私は慌てて付け加える。

「ごめん、申し訳なくなっちゃって、お金とか」

「ねえ、もらってくれるの？」

なんで、私が謝っているんだろう。しかも、私が好きな色を彩名が一人で選ぶ意味もわからない。彩名のことがよくわからない。

そんな風に考えてしまってからすぐに、彩名にはきっと悪気はないのだと思い出す。彩名はただ、人と上手に距離を詰められないだけだ。距離を詰めるのが下手というより、距離を保つのが苦手なのだ。だからきっと、今まで友達ができたとしてもちょうどいい距離を保てずに近づきすぎて、関係を自分から破壊してしまったのだ。

「……ありがとう。大事に使う」

彩名の席を二人で見下ろすように立ちながら、私は彩名ではなく、机を見て喋っていた。もらったものが私のものになったので、右手に持ち替える。彩名は私の動きに敏感に反応して、頼んでないのに何かのノートの端を千切《ちぎ》り出す。頼んでいないことを勝手に察されて動かれるのは、どこか居心地が悪い。

ボディの色を見て赤のペン先を出し、インクを止める青い玉を爪で引っ掻いて取り外す。もらった紙を机に置いて試し書きをすると当たり前のように赤色が出てきて、それをピンク、紫、紺と続けた。赤はともかく、どうして他の三色はこの色なんだろう。私が一番使うのは赤の他は黒と青で、あと一色選ぶのであれば暗記用の赤シートで隠れるオレンジ色だ。事前に聞かれたわけではないけれど、わからなければ赤と青と黒を買いそうなのに。ピンクは赤シートで消えるのだろうか。あとで試してみよう。

そんなことを考えながら必要のない円を描き続けていると、里香、と声をかけられる。顔をあげると、彩名が幸せそうな笑顔で言った。

「わたし達、親友だよね」

「え？」

親友って自然となるものだと思うけれど、いや、この子は距離を保つのが下手なんだ。一瞬で判断して、

「ああ、うん」

と返事をする。すると彩名は満足そうに頷いてから、私の目を真っ直ぐ見据えた。

「わたしと友達になりたいって言ってくれて、本当にありがとうね」

友達になりたいって、私が言ったことがあるんだっけ。まあいいか。

「こちらこそ」

そう返したときに予鈴がなって、私は自分の席に戻った。数学の教科書を出し、彩名にもらったノートの切れ端を眺めていた。

やっぱり、彩名は変わった子だ。私は友達になりたいとは言ったことがない。誰かの記憶と混じっているのだろうか。

薄紫のペンのボディは太陽の光を受けてキラキラとピンク色に光っている。人との距離を保つのが苦手なだけで、悪い子じゃない。葉月みたいに優しい人もいるこのクラスですら浮いてしまう彼女を救えるのは、私しかいない。


「結局、うちも二週間で済んでよかったよね」

「活動停止？」

階段の掃除当番になった葉月に先に行っていてと言われて更衣室で着替えていると、隣の団体の声が耳に入った。

「そもそも夏休みにあいつが辞めて女子が奇数になっちゃったから、ペアが余ってどうしようって言ってたじゃん」

彼女達の上履きを見ると黄色のラインが引かれていて、二年生だとわかる。今日は月曜。彼女達はショートカットじゃないからバスケ部ではなく、陸上部は体操着ではなく別のユニフォームに着替えるはずだから、バドミントン部だろう。

「あったあった、まじだるかった」

「でもさ」

私に一番近い場所にいる子が、声を潜める。

「一番大変だったのはそりゃ、ね」

「まあね」

「何回アンケ書かされたかわかんない」

「一人一人呼び出されたことあったよね」

「うわ懐かしい、いつだ？」

「十月入って、だからあれのすぐ後じゃない？」

「部活が一緒なだけで同じクラスでもないのにさぁ」

「うちら何もしてないのに最悪だったよねまじで」

体操着の上をゆっくりと体にくぐらせる。私がここにいるのは彼女達もわかっているはずだから、隠れるように着替える必要なんてない。それなのに、私は息も止めようとしている。

「まあ結果ね、偶数にもなったし再開できたし」

「そりゃ今はそう思うけどさ」

「もう少し長引いてたらテスト期間入って最悪だった」

「ユミコ遅いんだけどーみんなあんた待ち」

「ごめんー終わった終わった」

バタバタと去っていく彼女達を横目で見送り、バドミントン部に何があったのだろうとぼんやり考えていた。

早めに着いてしまったが既に一年生が準備をしていた。部長がいたので一応声をかけると、彼女は転校早々悪いんだけど、と苦い顔をした。

「二年は準備と片付けしないの。上下関係、知ってるでしょ？」

「えっと……」

意図がわからずに考えていると、部長は話を続けた。

「先週、葉月と美映、それから小林さんでネットポール片付けてたじゃん」

「ああ……」

転校してすぐだったので、新入りとしてやるべきだと思っていた。

「うちの上下関係が乱れるから、そういうことはやめてほしい」

「……ごめんなさい」

「以上。今日は四十五分からだから」

彼女はそう言って、アニメに出てきそうなぱつんと切られたボブ寄りのショートカットを揺らして試合表を取り出して審判台にもたれて何か考え事をしていた。そのうち桃子ちゃんがやってきて彼女の方に向かい、それから二人は楽しそうに話していた。

早速嫌われてしまったようにも思えるが、多分あまり気にしない方がいい。早めにラケットを取り出して、一人で素振りをしてみることにした。


「すいませんボール入りましたぁ」

形式試合中、ボールがコートの外に出ていってしまったので声を出す。そもそもこの習慣は走り込みをしている陸上部に注意喚起をするために始まったらしいのだが、彼らは廊下で筋トレをしているので、声をかける方向には誰もいない。

「あと五分ねー」

審判の葉月が時計を見て声を出した。よかった、やっと終わる。

形式試合では色々なペアを試すため、前衛後衛のポジションを固定で、その組み合わせをシャッフルしている。今日の私のペアは部長で、私は勝手に気まずい気分になっているが彼女は調子がいいらしかった。彼女が何度もポイントを決めているのに、私といえば、お願い、と彼女に任された球をこぼし続け、その度にコートの外に出してしまった。ボール入りましたと言うのは私だけになっていき、ため息も出なかった。

練習が終わり、片付けをしてはいけないと言われていたので葉月達と三人でダラダラと話していた。

「始まっちゃったねえ、月曜」

「もうすぐテストだし」

「もうすぐってあと三週間もあるじゃん」

「三週間……」

片付けが終わりましたと一年生が駆け寄ってきた。顧問は出張があるとかでいなくなっていたので、部長が「解散」とだけ言って帰れることになった。

「塾間に合うかギリだから先に行くね！　お疲れっ」

美映が明るく言って更衣室の方に走っていく。

「お疲れー」

「またねー」

葉月と手を振り、美映を見送る。葉月と二人で帰るというシチュエーションは初めてで、私は何を話そうか考えていた。

体育館まで歩く間は、疲れたね、とかそういう無難なことを二人で呟くように話していた。

ドアを開けると、更衣室独特の匂いがツンとくる。

この学校の更衣室の香りは、プールの塩素と夏の制汗剤のベリー系が混じったような妙な香りだ。前の学校で石鹸の香り以外の制汗剤の使用を禁止されていた理由がわかる。ベリーと塩素、混ぜたら危険。

一年も二年もまだコートでダべっているのか、更衣室には私と葉月だけだった。今日は一緒に来なかったから別々の場所に制服を置いてあった。葉月は当然のように自分の着替えを持って私の方に来てくれた。一つ左のマスに移動すると、先ほどのバドミントン部の子達の制服が残っているのが目につく。

「バド部ってさ」

「ん？」

「最近辞めた子が多いの？」

「え、二年？」

そう言ってから、葉月は迷うように目線を上に向ける。

「辞めたっていうか、なんて言ったらいいかわかんないけど」

「うん」

体操着の白しか視界に入らない状態で、私は相槌を打った。

「部員が一人、亡くなってて」

「あの、それって十月くらい？」

聞くと、葉月の眉間に皺が寄るのが見えたので、なんかバド部の子がさっき言ってた、とすぐに付け加える。

「うん、それくらいかな。里香が転校してくる一ヶ月くらい前。うちのクラスの、花石《はないし》真実って子なんだけどさ」

「そうなんだ」

そこからは他の人が入ってきたこともあり、二人とも口を開くことなく黙々と着替えた。変な質問をしたと思われただろうか。私も人との距離感が、うまく摑めなくなっているのだろうか。

無言で下駄箱まで行ったところで、明日の数学って宿題あったっけ、と葉月が聞いてきた。

「あった気がする。ワークだったかな」

「だよねー、めんど！」

重い空気を飛ばすような大声に笑っていると、後ろに誰かの気配がした。咄嗟《とっさ》に振り向くと、彩名と目が合った。

「あれ」

まだ帰ってなかったの、と言おうとしたところで、彩名はいきなりこちらに背を向けてどこかに行ってしまった。どうしたんだろう、と葉月を見ると、さあ？　とでも言いたげな苦い笑いを浮かべていた。

他愛のない話をしながら通学路を帰り、分かれ道になったところで、そういえば、と葉月が立ち止まった。

「渡辺さんも、バド部辞めたんだよね」

「彩名？」

「うん。一学期まではやってたと思うけど、夏休み明けたら帰宅部になってた」

「そうなんだ」

「さっきいたから思い出した。じゃね」

軽く手を振る葉月に手のひらを見せ、私も一人でいつも通りの道を帰ることにした。

彩名がバドミントン部に入っていたなんて、そして辞めたなんて、少しも知らなかった。

あの子は私のことを知ろうとしない、私に興味がないと思っていたが、私だって、彩名のことを、彩名の過去を、まともに知ろうとしてこなかったのだ。

アスファルトをローファーで軽く蹴ると、ローファーの底が柔らかくこすれて、それから何かを引っ搔くような、高くて鈍い音がした。

4

いつもは八時二十分を目指して登校するわたしだけれど、今日は八時十分に教室に着いた。

先客は三人ほどで朝練終わり組も登校早い組もそこまでおらず、いつもは人口密度の高さに苦しくなる教室が広く感じられる。

「里香、いるよね」

理科の教科書を鞄の中で触りながら、里香のことを考えていた。


昨日はライラックピンクのペンをプレゼントして、わたし達が親友であることを確かめた日だった。親友のわたしは毎日、里香の部活が終わるまで待って一緒に帰るのが当然だ。いつでも一緒にいるのが親友だ。里香もきっとそう思ってくれているのだと思っていた。というか、そういうつもりもないのに親友だと言うのは失礼で、相手を軽んじていると思う。

その放課後、教室の掃除を済ませて、わたしは一人でB組に残っていた。女テニは大体五時半に終わるから、約二時間。短い時間ではないけれど、親友なのだから待つのが当然だと思った。四時を過ぎた頃、教室に吹奏楽部の知らない一年生が入ってきた。

「練習で使うので」

どいてください、とは言われなかったものの、彼女の視線はそう訴えていた。仕方がないから図書室に移動し、『漫画でわかる心と体』という本を読んでいた。興味があるわけじゃない。字がいっぱいの本を読むと疲れるので、漫画であればなんでもよかった。

図書室に置いてある漫画は展開に派手さがない。楽しませるのではなく、学ばせるのが目的だから。絵も無駄のない線で描かれていて、少女漫画みたいに髪の毛が一本一本丁寧に表現されているわけでもないので、眺めていても楽しいわけじゃない。

危ない薬はやっちゃダメ、好きじゃない人に体を触らせちゃダメ、自分で自分を傷つけちゃダメ……。ダメなことばかり列挙されている。例えば学校に行くのが辛い人にとっては「学校に行くこと」は自分で自分を傷つけることになるけれど、それはきっと例外だと言われる。左手の甲につけた格子模様のような引っ掻き傷を眺める。これも自分でつけた傷だけど、リストカットじゃなければ、先生はきっと気づかない。先生達が見ようとしているのはわたし達の心の奥じゃなくて体の、決められた形からはみ出た部分だけだから。

チャイムが鳴る音がして、わたしは顔を上げた。いつの間にか眠ってしまったらしい。図書室の机はワックスをかけたようにぺたぺたしていて、顔を上げるときにほっぺが若干ひっついた。

時計を見ると五時半になっていたので、わたしは慌てて支度をし、図書室を飛び出した。なんで図書室が四階にあるんだろうと思いながら、中央階段を勢いよく駆け降りる。里香を部活に迎えに行くはずが、これでは待たせてしまう。

間に合いますように。どうか、今日の部活が長引いていますように。

祈りながら一階に降りた頃には、わたしの息は切れていて、だけどぜえぜえ言っていたら里香に呆れられちゃうので、息を整えてから下駄箱に向かった。

「なんで」

葉月さんと里香が、靴を履き替えているところだった。葉月さんは確かに里香と同じ女テニだけど、里香の親友はわたしなのに。なんでそんなつまんない子をわたしよりも優先するのだろう。親友なんだから一緒に帰るのが当然のことなのに、どうしてわたしを置いて別の誰かと帰ろうとしているのかわからない。

一歩ずつ、二年B組の下駄箱に近寄った。もしかしたら、これから里香はわたしを探そうとしているのかもしれない。そんな期待を胸に、ゆっくりと歩みを進める。

里香が振り返る。お待たせ、そう言って手を振るために右手を動かそうとしたところで、あれ、と聞こえた。同時に里香の唇も、あれ、と動いた。里香がわたしを見て、あれ、と言った。探してたよ、じゃなく。どこにいたの、でもなく。

隣にいる葉月さんは里香の友達ヅラをしていて、里香と同じように驚いたような顔をしていた。

たまらなくなり、わたしは振り返って中央階段に走って戻った。きっと里香なら、追いかけてくれると信じて。

二階に上がり、いつもは三年生が使っているトイレに駆け込んだ。トイレの中には誰もおらず、わたしは用もないのに個室に入って鍵をかけた。ナプキン用の小さなゴミ箱の蓋がずれていて、鼻の息を止めながら上履きで蓋を蹴って閉める。

きっと里香はわたしを心配して追いかけてくる。葉月さんなんて放っておいて、階段を駆け上がってくる。里香が来たら驚かせないと。そうしたらまた、あの黒目が困ったように揺れるのを見ることができる。甘やかな期待に脳がとろけそうで、目を覚ますためにほっぺを叩く。

少しして、誰かが階段を上がってくる足音が聞こえた。足音はまっすぐトイレに向かってきて、わたしは声をかけられる前に鍵を開けてしまう。

「もう里香ったら」

そう言って出ていき、顔を上げると、

「何やってるの、早く帰りなさい」

見回りにきた先生が呆れ顔で立っていた。

「え……」

「あなたしかも二年生じゃない。ここのトイレは三年生しか使っちゃだめだから、次から気をつけなさい」

どうして里香じゃないの。

そう思っていると先生はどこかへいなくなったので、わたしはまたトイレに戻った。ローファーをうまく脱げないのかもしれない。それとも葉月さんに何か言われているのだろうか。

そんな期待と共にトイレに籠り続けたが、五分経っても十分経っても、里香は上がってこなかった。親友だって言ったのに。お揃いのペンだって持っているのに。下駄箱に行くと三十七番のところには上履きが入っていて、もう帰ってしまったのだと実感し、わたしは二人で帰るはずの道を一人きりで帰ることにした。

わたしを置いて勝手に帰るなんて、里香には親友という言葉に対する理解が足りないのだ。ちゃんとわかってほしい。わたしばかり苦しむなんて、里香も親友として望まないはずだ。


教室の前から里香が入ってきた。周りの人もだんだん増えている気がするけれど、わたしには里香しか見えない。

「おはよ」

そう言ってわたしの横を通り過ぎようとした里香の腕を制服越しに掴み、なんで、と声をかける。

「ん？　どうした？」

わたしを見下ろすように、里香がギョッとしたような、困った顔をしている。可愛いけれど、目がきれいだけれど、今日はそんなことで許してあげるわけにはいかない。

「昨日なんで、先帰ったの」

薄れかけた記憶が蘇り、悲しみと怒りで声が震えた。

「え？」

全く心当たりのない様子で、里香は目を動かす。

「一緒に帰るって、約束したっけ」

「してない。してないけど、わたし達、親友じゃん。言ったよね昨日、親友だって。ってことは毎日一緒に帰るってことでしょ。親友って、どの友達よりもお互いを優先するってことでしょ。なんで。なんで、あんな子と」

「葉月は同じ部活だし」

そう言って里香はわたしから目を逸らす。視線の先を追うと里香は葉月さんの席を見ていて、わたしの怒りよりも葉月さんのことを気にかけたことがどうしようもなく悲しかった。しかも里香、あの子のことを葉月って呼び捨てにした。

「なんでよ、お揃いのペンだってあげたし、親友だよねってちゃんと確かめたのに、なんでわたしを裏切るようなことをして平気な顔をしてられるの」

「ごめんね、彩名のことわかってあげられてなくて」

「そうだよ里香、ひどいよ」

そう言うと、里香はまたごめん、と謝ってくれた。

「でも、部活の日はいつ終わるかわかんないし、彩名をずっと待たせちゃうのも申し訳ないよ。だから火曜日と木曜日だけ、一緒に帰ることにしない？　彩名にだって、色々やりたいことがあるだろうし」

「やりたいことなんて」

そう言った瞬間に予鈴が鳴って、生徒が押し寄せるように登校してきた。

週に二度なんてあまりに少ないけれど、里香の言う通りわたしばかりが待つのはバランスが悪いのかもしれない。わたし達の関係を長く続けるためにも、お互い無理がない方がいいと里香は言いたいのだろう。

「ううん、そうしよう。ありがとうね、わたし達のことをよく考えてくれて」

「ちゃんと伝えてなくてごめんね」

「いいの。今日は一緒に帰れるんだよね？」

「もちろん」

そうこうしているうちにサトセンが入ってきたので、じゃね、という言葉を残して里香はいなくなってしまった。だけどわたし達の友情は、前よりも強くなった気がする。里香はわたしのことをよく理解してくれて、わたし達の関係を大事にしてくれている。

「えー、今日から単元が変わります」

美術教師の田上はいつも髪の毛をボサボサにしている。チャコールグレーのトレーナーに黒のズボンを汚して教壇に立つ様子は、才能があることをアピールしているようでもあり、才能がないことに気づかないふりをしているようでもある。こうやってじっくり見ていると、学校の先生なんて、わたしはみんな大嫌いなのだと気づく。

「思い出を形に、が今回のテーマです」

前回の授業の終わりに、次回からアクリルガッシュとペーパーパレット、絵筆セットを持ってくるようにと言われていたため、話を聞いていれば終わる鑑賞の授業が終わってしまうことはわかっていた。

「今から配るキャンバスボードに、今日合わせて三時間かけて、みんなの大切な思い出を描いてください」

前から回ってくるボードを後ろに回す。Ａ４サイズの真っ白なボードを埋めなくてはならないと思うと、すでに気が重い。三時間目の初めはまだお昼休みが遠い。ということは里香とゆっくり話せる時間が遠い。早く終わってほしくて、わたしは先生の言葉から先生の声を抜いて、ただの情報として処理をする。全部の授業で効率的に動けば、早く終わってくれるような気がするから。

「筆洗いはいつもの場所にあるから各自水を入れること、描いた後に一時間の作品鑑賞もあるから、あんま変な絵描くのはやめた方がいいぞー」

生徒達は言葉未満のガヤガヤを口から出して水道付近に集まる。わたしも遅れて筆洗いを手に取り、筆洗い置き場から一番遠い端っこの蛇口を、目を瞑《つむ》ってゆっくりとひねる。絵の具やボンドで色がおかしくなっている蛇口からきれいな水が出てくる気がしなくて、わたしはいつも目を背けてしまう。きれいなものは大好きだけれど、汚いものは嫌いだ。

給食の残飯がびっしりこびりついたような流し場の汚れを見ないように水を汲んでいると里

香が話しかけてくれて、嬉しくなったわたしは筆洗いにいつもよりもたくさん水を入れた。

出席番号順の席に戻り、移動を禁止されたわたし達は、それぞれ思い出の場面を描き始める。

渡辺という苗字はほとんどの場合は出席番号で並ぶと一番後ろだ。だから転校生の里香と前後になれるはずなのに、うちのクラスには和村《わむら》くんという男子がいるので、わたしと里香は彼によって隔てられている。女子だけの整列なら前後になれるのに、これではちっとも楽しくない。

隣の席では葉山くんがラケットとピンポン玉の輪郭を取り始めたので、卓球部でのことを描くのだろう。この人が卓球部なのかどうかなんて、知らないけれど。

大切な思い出、何を描こう。

わたしにとって今一番大切なのは里香で、だけどまだ学校行事がないので思い出が少ない。わたしと里香の一番の思い出になるような出来事って、一体なんだろう。

わたし達のこれからを思い描く。式を開くようなおめでたい、思い出になること。卒業式、入学式、入社式、結婚式、お葬式……。

「お葬式」

わたしが死んだときに、里香がお葬式に来てくれたら、そんなに幸せなことはないんじゃないか。その頃にはわたしはもう死んでいるけれど、もしも死んだ後も少しだけは肉体に魂が残っている、みたいなことがあれば、わたしが死んで悲しむ里香のことを、わたしは一番近くで見ることができる。

小学五年生の頃にひいおばあちゃんのお葬式に参列したことがあったので、大体どんな様子かというのは記憶にあった。どの場面を描こう。里香がわたしの顔を覗き込むとき？　里香が焼香をするとき？　里香が受付に並ぶとき？　思い浮かぶのは里香のことばかり。わたし達の思い出を描くのだから、当然のことだ。

里香が一番悲しむのは、わたしの顔を見たときだろうか。ひいおばあちゃんのお葬式を思い出す。大人が一番感情を表したのはいつだったか、記憶を手繰《たぐ》り寄せる。

火葬した後に、みんなでご飯を食べた記憶があった。葬儀中は思い出話をするような空気ではなくて、泣く人がいたのはその食事のタイミングだった。

里香が骨になったわたしを見て、それからご飯を食べるとき。そのときが、わたし達の一番の思い出じゃないだろうか。その頃わたしはもう灰になっているけれど、逆に重たい肉体から解放されるから、空気を彷徨《さまよ》って里香のもとまで向かうことができる。悲しむ里香にこっそり、話しかけることができる。

葬式の後の食事を描くことが決まり、わたしはひいおばあちゃんのお葬式でお父さんが食べていたものを必死に思い出した。ちょっと豪華な、黒い六マスのお弁当箱に入っていた。中身はお肉がなくて、野菜の天ぷらと里芋の煮物、お刺身に漬物がそれぞれ一マス、残りの二マスには白米とお味噌汁が置いてあった。

ベースのお弁当箱を今日描いて、あとの二回で中の食事を描こう。家に帰ってネットで調べれば中身のことも確かめられる。

黒い絵の具にちょっとだけ白、それから水を筆に含ませて描き始めた。黒いものを描くときは輪郭をグレーで描くといいと鑑賞の授業で言っていた。黒い線で輪郭を描いた中を黒で塗りつぶしてしまったら、真っ黒の輪郭があやふやな物体が出来上がるだけだ。

白と黒を一対一の割合で混ぜ、できたグレーでボードいっぱいに直方体を描く。それから中を六マスに仕切り、別にここにこだわりなんてないので、線以外の部分をさっさと黒で埋めていく。

授業が終わる頃にはアクリルの艶を持ったお弁当箱が完成し、先生の指示で教室の後ろにある乾燥棚に慎重に入れた。もしも、バカな男子のベタベタと塗った絵がくっついたせいで、わたしと里香の思い出が汚されるようなことがあれば、わたしはきっと許すことができないだろう。

いつかのわたし達のことを、誰にも汚してほしくない。

「英語って今日単元変わるっけ」

昼休み、里香がわたしの席までやってきてくれた。嬉しいけれど、飛び上がるくらいに幸せだけど、わたしはそんな素振りを見せないでクールに振る舞う。

「隣、座る?」

「いいの?」

「いいんじゃない、いないし」

そう言って阿部くんの席を指さすと、里香は失礼しまーすと小声で言ってから席についた。

「誰の席?」

「阿部くん」

「あー、声高めの」

「何その情報」

里香は笑っているが、わたしはうまく笑えなかった。他の人なんて、覚えなくたって別にいいのに。里香は親友のわたしのことばかり考えていれば、幸せなのに。

「別に覚える必要もないよ、多分卓球部だし」

「卓球部だとしても覚えなくていい理由にはならないでしょ」

「そうかなぁ」

「彩名は?　何部なの?」

里香のまっすぐな視線が痛い。誰か余計なことを喋ったのだろうか。

「帰宅部だよ」

嘘ではない。わたしは今、確かに帰宅部だ。

「入学してからずっと帰宅部？」

里香の目を見る。もしかして、わたしを疑っているのだろうか。あのことを誰かに聞いたのだろうか。

「なんで？」

「だって」

そう言って、里香は眉を寄せて優しく笑う。

「彩名のことをもっと知りたいから」

「……バド」

「ん？」

里香の顔が近づく。シャンプーというよりは桃のような甘い香りが、むっと鼻をくすぐる。

「バド部だったよ、夏休み前まで」

「そうなんだ、なんで辞めたの？」

興味本位というよりは当然の流れのように聞かれ、わたしは咄嗟にお母さんのことを話した。

「お母さんが体調悪くて、わたしがご飯作らないといけなくて」

「どこか悪いの？」

「まあ、ね」

ほどほどに興味を引き、あえてはぐらかしてみる。わたしは里香といると頭と心をたくさん使っている。男の子のことを好きになったことはないけれど、恋の駆け引きみたいだ。里香には少しでも長く、わたしのことを見てもらいたい。

「そういえばさ」

はぐらかすついでに、わたしも話題を変えてみせる。

「一番の思い出、里香は何描くの？」

「何描く……。ああ、美術？」

「そう、三時間目」

「部活のこと描こうかなって」

「ふうん」

部活を優先させるのをやめてと散々言ったのに、少しでもわたしのことを考えてはくれなかったのだろうか。

「彩名は？」

「わたしはね、お葬式」

「え？」

里香が怪訝そうにこちらを見ている。睨むような目で見られるのは初めてで、少し照れてしまう。

「もしわたしが死んだら、誰がお葬式に来てくれるかなって、考えてたの」

「え、彩名のお葬式なの？」

「そうだよ？」

「先生は思い出って」

「わたし達の、未来の思い出」

筆箱からペンを取り出して、カチカチと音を鳴らす。ペン先を出すためじゃなくて、何かこの空白を埋める音が欲しかった。何度かはじくようにレバーに触れていると、里香はすごいね、と独り言のように言った。

「自分のお葬式なんて、考えたこともなかった」

「だって、里香に弔《とむら》ってほしくて」

「もちろん行くけど、彩名が先に死ぬ前提ってこと？」

「そしたら、里香のお葬式には行けないね」

「だね」

「でもわたし、やっぱり里香がお葬式に来てくれる気がする」

「なんで？」

「自分が長生きする想像があんまりできない」

「あー」

里香は苦笑いを浮かべてからゆるく笑う。

「彩名がおばあちゃんになった姿って想像つかないかも」

「でしょ？　わたしも想像できない」

「そういえば鑑賞の授業ってさ」

と里香が口を開いたところで、

「でももし里香が先に死んだら」

というわたしの言葉が被さった。わたしは譲りたくなくて里香が譲ってくれるのを黙って待っていると、

「私が死んだら、何？」

と里香が聞き返してくれたので、わたしは安心して続きを話す。

「そしたら、わたしはお葬式まで一晩中、里香のそばにいてあげる」

「お通夜ってこと？」

「そう。里香と一緒に寝るの」

「修学旅行みたいだね」

適当に流されそうになったので、わたしは慌てて続ける。

「里香と一緒に燃やされたってわたしは良いの。きっと、幸せだと思う」

「え～？」

里香は笑って、トイレ行かない？　と誘ってくれた。

二年生用のトイレは昼休みの真ん中は空いている。給食が終わった直後と、五時間目が始まる直前は混むのだけれど、その間は穴場になっている。

「ハンカチ忘れたー」

スカートの裾で洗った手を拭おうとすると、里香がハンカチを渡してくれた。

「使いなよ」

「ありがと」

里香のハンカチはいつもふわふわで、こっそりと顔に近づければ柔軟剤の優しい香りに包まれる。この世の優しさを体現したようなこのハンカチを貸してもらうのが幸せ。だからわたしは、もうハンカチを持ってこないことに決めたのだ。

「そういえば、彩名の右斜め前の席の男子って、ほら、三上くん？　だっけ」

「三上くんがどうしたの」

里香の表情を鏡越しに窺う。前髪を直すふりをしているけれど里香の前髪は少しも変わっていない。この質問をするために、穴場のトイレに来たのだとわかった。

「何部なの？」

わたしの質問に答えずに質問を重ねる里香に少し苛立つ。今更、三上くんがどうしたっていうんだろう。

「……バドだったと思うけど」

「思うって、だったら彩名と一緒じゃん」

「活動はほぼ男女別だし」

「そういうもん？」

「なんで気になるの」

「ううん、ちょっとね」

さっき自分がしたようなはぐらかされ方をして、わたしはただ苛立った。何も答えずに里香のタイを見ると、最初に会ったときよりも随分上手になっていた。自分で結べるようになってしまったのだろう。自分で結ぶときのやり方を、わたしは教えないようにしていたのに。

里香のタイを結ぶのは自分でありたくて、髪を触っている里香に黙ってタイをほどく。

「え、ちょっと」

里香の言葉を聞こえないふりして、クロスしたときに右側になる方を少しだけ長く持ち、下から上に通す。

「なんで勝手に」

タイの直線部分が内側に来るように整えながら、そのまま下になっている方のタイをくぐらせ、できた穴に通して結び目を作る。

「別にいいけどさ」

ラインがきれいに出るように向きを整えて、リボンはできるだけ細く、真っ直ぐに。

「できたよ」

　結んであげても、里香は最初の頃のように自分の結び目を確認したりしない。里香のためだけにやってあげたことなのに。

　里香は困ったように黒目を震わせてこちらを見ていて、だけどわたしは最初の頃よりも里香の目に対する感動が薄れているのに気づいた。どうして慣れてしまうんだろう。小さいことで嬉しかったのに、同じ感情を得るために必要なものを、もっともっとと求めてしまう。

　でも――。里香だって同じじゃないか。最初はわたしだけ友達だったらいいみたいな態度で毎日話しかけてきたのに、親友だって言ったのに、今となってはクラスの人と、部活の人と勝手に仲良くし始めて、次は男に手を出すのだろうか。

　わたしの好きな人がみんな、同じ人を好きになってしまうのはどうしてなんだろう。

「戻ろっか」

　声をかけられて、予鈴が鳴っていたことに気がついた。駆け込みで髪型を直そうとする女子二人組がにぎやかにトイレに入ってきて、わたし達は一言も交わさずにそれぞれの席に戻っていった。


　火曜は女テニの活動はないから当然、里香はわたしと一緒に帰る。そう思っていたのに、里香は帰りの学活が終わった後もわたしに声をかけようとしなかった。それどころか葉月さんに話しかけられていて、親友であるわたしにはその会話を聞く権利があるので、感覚を研ぎ澄ませて二人の声を聞いていた。部活の話をしているらしい。普段は月曜と金曜しかない朝練を、今週は月水金と三日間やるようだ。そんなどうでもいいことを、わざわざ今言う必要があるのだろうか。

里香とお揃いで買ったペンの、紫色をノックする。出てきたペン先は針のように鋭くて艶がなく、さらさらの銀色に光っている。

机の、木目に沿ってできた五ミリくらいの薄い線を、ペン先でゆっくりとなぞってみる。カサカサというペン先で撫でるような音がして、込める力を強くしていくとカリカリ、と音が変わっていく。

時計を見ようと前を向いたら教卓のサトセンと目が合った。机を傷つけようとしていることがバレたかもしれない。なんでもないですよ、というような顔をして、わたしは右手をグーの形になるように握り、その形のままでペンを握った。ペン先が小指側から少しだけ覗くようにした状態でなら、ゆっくりと机をなぞる様子は外から見たらわからない。肘が上がっていなければ、力を込めていることもわからない。

さっきまではカ行で表せた、机とボールペンの間に発生する音に濁点がつき始めたところでわたしはほどほどに満足した。里香はまだ葉月さんと話しているけれど、その音すらもう聞こえなかった。

左手の甲が空いている。最近傷つけることも減ってきたからか、いつもよりも綺麗に見える。ボールペンを握ったままの右手を、その上に乗っけてみる。小さい頃の手遊びを思い出し、誰にも聞こえないような大きさで歌ってみる。

「グーチョキパーで、グーチョキパーで、何作ろー。何作ろー」

右手に力を入れると左手の甲にペン先が刺さる。走った痛みに思わず左手が開いたので、わたしは歌を続けた。

「右手はグーで左手はパーで、たこさん、たこさん」

リズムに乗ったからか思ったよりも力が入ってしまい、手の甲の一部がペン先の丸い形に窪んでしまった。ずっと歌い続けてみようか。里香がわたしを迎えに来るまで、ずっと。

「グーチョキパーで……」

「ね、帰ろ」

声をかけられて振り向くと里香がいて、思わず緩んだ笑顔を浮かべてしまう。里香はずるい。ちょっとの発言や行動で、わたしの心をぶんぶんと振り回してくる。

「遅いよー」

冗談のようなトーンで言って、わたしはいそいそと筆箱を鞄にしまう。里香はごめんねーと謝りながら、わたしからゆっくりと離れていく。追いかけるように小走りになって、わたし達は一緒に階段を降りた。

さっき葉月さんと話していたのは部活の事務連絡みたいなものだったらしく、副部長の桃子さんが葉月さんに伝言を頼んだというのが経緯だった。

「大変だね」

適当な相槌を打ちながら、さっきわたしよりも先に葉月さんと話していたことも、そういう事情なら許してあげてもいいと思った。

下駄箱で上履きからローファーに履き替えながら、わたしはわかりきっている質問をした。

「友達って多ければ多いほど大変じゃない？」

里香は部活で新しい友達もできてるし、と付け加える。そうだね、という里香の声は、頭の中で明確に再生できた。

「そうかな」

「え？」

「私はいろんな人と関わる方が、自分とは違う考え方をたくさん吸収できていいと思うけど」

「は？」

ローファーのつま先を地面で鳴らしながら威嚇《いかく》するように聞いたが、里香はしゃがんでいたのでわたしの顔はよく見えないらしかった。

「女テニの子と仲良くしてるのもそういうこと？」

「部活は、ある程度長く一緒に過ごせば自然と仲良くなるけど」

わたしとは？　長く一緒に過ごしてないから一番になれないのだろうか。わたしとの仲良くなり方が不自然だと言いたいのだろうか。わたしだけでは不満という言葉の意味が、わたしには全然わからない。

「唯川美映と寺田葉月でしょ」

自然と声が震えている。

「ああ、女テニ？　そうそう二人ともとっても良い子で……」

「あんな子、里香には相応《ふさわ》しくない」

「え？」

「くだらないよ、あの子達」

「そうかな」

「だって里香、あの子達といるときは楽しそうじゃない」

「なんでそんなこと言うの？」

「二人を庇《かば》うんだ。ひどいよ里香、親友だって言ったのに」

そこまで言うと里香が黙ってしまって、わたしはどうしたらいいのかわからなくなって里香を置いて家まで走って帰った。何度か振り返っても里香が追いかけてくる様子はなく、わたしは里香の家がどこにあるのかすら知らないと、そのとき初めて気づいた。

5

あれだけ一緒に帰ろうと言ってきたのに、彩名は昨日、私を玄関に置いて一人で帰ってしまった。翌日、どういうことだか聞こうと思いながら登校すると、彩名は学校に来ていなかった。同じ階にある音楽室に、いつもは彩名と行くのに一人で移動した。座席は教室と同じ座り方だったので前に座る葵ちゃんが話しかけてきて、私は適当に話を合わせて授業が始まるのを待った。

「こんにちはァ」

この先生は常にビブラートを利かせて喋っている。みんなで挨拶を返すと、声が小さいですよォとまた鼓膜を強制的に震わせられた。先生はすでに指揮棒を持っていて、歌い出しのような優しい手つきで号令を頼んだ。

「日直ゥ」

「気をつけ、礼」

一連の流れを終えて、彩名がいない一日が始まる。一時間目が音楽だなんて、ちゃんと声が出るわけがないのに、私達の時間割は一年間変わらない。音楽の授業のタイミングで合唱コンクールの結果に差が出そうなものだけれど、先生達は気にならないのだろうか。

「出席を取りまァす。お休みは渡辺さんだけね？」

　ビブラートが取れたことにより、言葉に角が出て、妙な緊張が走った。いつもビブラートが嫌だと思っていたけれど、これはこれで必要なものなのかもしれない。

「風邪かしらァ」

　生徒達に問いかけるが、誰も答えようとしなかった。

「喉は一年中大事にしてくださいねェ。冬は特に、お湯で温めたタオルを首に巻いたりするんですよォ」

　またしても返事がないのを満足げに眺めている。

　なめことというよりはぶなしめじ感のある艶のなく萎《しお》れたマッシュルームカットに、キラキラのチェーンがついたフレームレスのメガネ、白くてふんわりと膨らんだ白いブラウスとほうれん草のような真緑色のタイトスカート。どう考えてもダサいし、自分でこんな服を着たいとは思えないけれど、お金に余裕がある感じはするし、不潔な印象はない。

「ソプラノはこっちィ、アルトはあっちィ、バスは向こうゥ、テノールは後ろォ」

　先生の指示で私は教室の左側に移動した。教室前方にソプラノ、左側がアルト、右側がバス、後ろがテノールという配置だった。

　一月中旬のクラス合唱コンクールに向けた練習がようやく始まる。前の学校では三ヶ月ほどを練習に充て、直前は部活よりもクラス合唱の朝練を優先するよう働きかけていた。それに比べると、この学校はそこまでやる気がないのかもしれない。

「それぞれのパートでパートリーダーを決めてくださいねェ」

先生の指示でパートごとの話し合いが始まる。中心人物で言うとアルトにいるのは桃子ちゃんと瑠奈ちゃんで、ソプラノには葵ちゃんがいた。ソプラノは葵ちゃんで確定だろうけど、アルトはどちらになるのだろうと思いながら、私はできるだけ目立たないように話し合いの輪に加わる。

「葵でしょ、そっち」

瑠奈ちゃんがソプラノの集団に大声で話しかけ、もち！ という葵ちゃんの返事が響き渡る。男子達も好き好きにやり取りしていて、教室は席替えが発表されたときのような盛り上がりを見せていた。

「じゃ、うちでいい？」

みんなやりたくないっしょ、とだるそうに瑠奈ちゃんが言って、誰も反対しなかったので彼女の言う通りに決定した。結果、ソプラノは葵ちゃん、アルトは瑠奈ちゃん、バスは森くん、テノールは三上くんになった。

各パートで一番声の大きい人がなった形だけれど、合唱は声が小さかったら始まらないので、案外間違っていないのかもしれないと思った。

「パートリーダーで話し合って、パート練に移ってくださァい」

「だっりい」

そう言いながらリーダーで集まるとき、葵ちゃんも瑠奈ちゃんも頬に赤色がスッとさしたような明るい表情になった。三上くんってそういえば、葵ちゃんがこの間ずっと見ていた男子だ。ということは、瑠奈ちゃんは森くんのことが好きなのだろうか。初日から教科書を借りるために机をつけてもらったりしたから、瑠奈ちゃんは私のことをあまりよく思っていないのかもしれない。これからは気をつけないと。

課題曲のパート練を軽くしたところで時間オーバーになってしまい、音楽の授業はあっという間に終わった。

授業がある間は集中しているので友達が休んでいても気にならない。だけど昼休みになった途端に、この暇な時間をどうするか考える必要が出てきた。

図書室に行こう。佐藤先生が話していた、私が転校する一ヶ月前までこのクラスにいたのに、いきなり電車に轢かれて亡くなった女の子のことを知りたいと思っていた。部活があったり彩名に捕まったりして行けていなかったけれど、図書室には過去の新聞も保管されていると、初日に桃子ちゃんが教えてくれていた。

一息ついてから立ち上がると、後ろから声がした。

「里香、校庭行かない？」

振り向くと葉月と、確か安堂さんという子が立っていた。

「光樹《みつき》、里香と話してみたかったんだって」

ね、と葉月に笑いかけられた安堂さんは、はにかむように笑ってみせた。

「なんか照れるんですけど」

「いこいこー」

葉月達に連れられて校庭に向かう。鉄棒の近くに人の少ないスペースがあって、そこが二人の居場所らしい。

「いつもここにいるの？」

「大体ね、日差しが強いと光樹が嫌がるから室内にいるけど」

「えー、嫌がるのはあたしじゃなくて葉月でしょ？」

「そうだっけ？」

二人のやりとりは和やかで、そういえば友達ってこんな感じだったなと思い出した。急に物を渡されたかと思えば全否定のように責められることもないのだ。

「彩名ちゃんとはどう？」

「何、二人付き合ってるの？」

光樹がそう言って吹き出す。彼女の声は高いのに聞き取りやすい。私みたいに喉だけから気を抜いたような低い声を出すのではない。お腹から出る、ミュージカルの女優さんみたいな話し方。この子の話し方は、ひとつひとつの言葉の後ろに音符が見える。

「変わった子だなって思うことは、ある」

「やっぱり？」

「そりゃそうだよねー」

「悪い子じゃないよ、もちろん」

「そうは言っても、ねえ？」

二人が顔を見合わせる。彩名を貶《おとし》めようとする意地悪な顔ではなく、かといって私を心配するような表情でもない。教室の菊を思い出す。このクラスにはやっぱり、何かがあるのだ。

「そういえば」

気まずい空気を変えたくて、話題の方向を調整する。

「二人ともソプラノなんだね」

「だよー、彩名ちゃんもソプラノだったと思う」

光樹ちゃんが柔らかく笑った。そうなんだ、と小さい声で相槌を打つ。

「でも私、パートリーダーは光樹がよかった」

葉月が拗《す》ねたように口を尖らせる。形のいい唇を、リップクリームの油が光らせている。

「瑠奈とか葵って結局、音楽の人じゃないじゃん」

「音楽の人って葉月よく言うけど、吹部ね？　す、い、ぶ」

「なんか男子はもうどうせやる気ないしどうでもいいけどさー、女子仕切るのあの二人って大声勝負みたいになるじゃん」

「まあね」

「私、去年も葵と同じクラスだったんだけど、あいつフォルテは大声、ピアノは小声だと思ってて、声が小さいって私もめっちゃキレられてさー」

「災難ー」

光樹ちゃんはそこまで合唱コンクールに思い入れはないらしく、人工芝をはじいて砂を飛ばして遊んでいる。

「大声選手権じゃないわけじゃん。あいつらそれしか能ないからわかんないだろうけど」

「やる気ないよりマシじゃない？」

「光樹、あいつらに甘すぎ」

「ってよりは音楽わかんない人に期待してないだけかも」

「うわー出た出た」

笑い合う二人を眺めて、クラスの中心人物への不満を葉月が話しているのを初めて聞いたと思った。

「桃子もどうせ合唱コンの実行委員にでも立候補するんだろうなー。学級委員だけじゃ物足りないんだろうね。目立ちたがりだから」

「でもあの子、音痴よねー」

「そうなの？」

「アルトだけど、近く通るとわかるよ」

「さすが絶対音感」

「……ていうか顔が音痴」

「ひどすぎるんだけど！」

腹がよじれてしまいそうな姿勢で笑う葉月も、私は初めて見た。前の学校で英語の先生が、昔アメリカ留学したときにジョークを理解できなくて、みんなに合わせて笑顔をつくるのが辛かったと話していたのを、こんなときに思い出した。日本語を話している相手なのに、なんで笑うのかがわからない。自分の知らない言語ならまだ諦めもつくかもしれないから、日本語同士でわからない方が辛いなと思った。

「あースッキリしたー」

そう言って葉月が体を伸ばすと予鈴が鳴った。

「戻ろ戻ろー」

二人と立ち上がって、私は曖昧な笑顔を作った。

「里香もたまにはうちらのとこ来てガス抜きしたらいいよ。ね？」

「確かに。あたしも里香って呼んでいい？」

光樹ちゃんにそう聞かれて、もちろん、と返事をした。あたしのことも呼び捨てでいいよと言われたので、頭の中の「ちゃん」に線を引いて消し去った。

五、六時間目の総合の時間もクラス合唱コンクールについてだった。日程と場所の説明があり、それから実行委員を決めるという話になった。

「先生としてはもちろん、立候補を募りたいです。やる気がある人にやってもらうのが一番いいと思うから」

佐藤先生が澄ました顔で話している。今日は地味な紺色のセットアップで、終わった後に予定がないんだろうなと思った。左手の薬指は空っぽだけど、彼氏はいるんだろうか。

「桃子ぉ」

教室の右側から、瑠奈ちゃんの声がする。二人が予想した通りだ。

「はーい」

返事をするついでに桃子ちゃんは挙手して、私やりたいですと声高に宣言した。

「三崎さん、立候補ありがとう。女子、他にやりたい人いない？」

教卓から乗り出すように先生が聞くが、クラスは水を打ったような静けさに包まれる。桃子ちゃんがやりたいと言って、瑠奈ちゃんがそれに賛同していて、彼女達に逆らえる人はこのクラスにはいないのだ。葉月も光樹も、昼休みは好き放題言っていたのに、身を硬くして時が過ぎるのを待っている。

「じゃあ決定ね、三崎さんありがとう。あとは男子だけど……」

先生はそう言って困ったように眉を寄せる。すると右隣でギイ、と椅子を引く音がした。視線を移すと森くんが立ち上がっていて、推薦でもいいすかー、という声がした。

「ワタクシ森侑斗は、石井創也くんを推薦いたします」

くすくすと、女子の笑い声がする。声の大きくて運動ができる森くんを密かに好きな人は多いのだろう。瑠奈ちゃんが彼のことを好きそうなので、表立って話しかける人が少ないだけで。

「俺ぇ？」

「そ、お前」

「はー？　まじだるいありえない合唱とか興味ない」

石井くんが早口で捲《まく》し立てるが、その顔はどこかホッとしているように見える。

「俺らが仕切ればなんとかなるっしょ。なあ滝川？」

「は？　私委員じゃないんですけどー」

瑠奈ちゃんも不満げな言葉を並べつつ、幸せそうな表情を浮かべる。

「パートリーダー様じゃん。俺もお前も」

「ちょっと、静かに」

先生がなだめ、結局実行委員は桃子ちゃんと石井くんに決定した。困ったような先生の顔を見て、そういえばまた事件のことを調べるチャンスを逃してしまったと思い出した。今日は部活があるから図書室には行けないけれど、明日の放課後に行けばいい。脳内にある予定表の明日のページをめくり、放課後図書室、と書き込んだ。明日も彩名がいなければ、きっとスムーズに調べに行くことができるはずだ。

明日は彩名が学校に来られたらいいなんて、一日過ごした中で一度も思えなかった。

翌朝、教室に向かうと彩名はもう来ていた。日誌を書いているので日直なのだろう。おはようと軽く声をかけてから自分の席に行こうとすると腕を掴まれた。

「何？」

反射的に腕を自分の体の方に引っ張ってしまうが、彩名が私の腕を掴んだままで不安そうに顔を歪めるので、腕の力を抜いてされるがままになる。彩名の顔色はいつもよりも良くて、昨日は本当に風邪だったのだろうかと思ってしまう。

「昨日はどうしたの？　風邪？」

学校はスマホ持ち込み禁止で、私は彩名やクラスメイトと外で会ったことはないからこのクラスのグループＬＩＮＥには招待されていない。だから彩名のＬＩＮＥも知らず、学校を休まれると連絡を取る手段がなかった。

「なにが？」

彩名が心底不思議そうに言った。昨日なぜ欠席したのか聞いただけなのに、どうしてはぐらかす必要があるんだろう。

「いやだって、休んでたから」

「あー」

満足げな声を出した彩名は私の腕を放した。手首をクルクルと回して見てみると長い間力を込められていたからか彩名の指の形がうっすらと浮かび上がった。

「寂しくなってもらいたくて」

「……え？」

何が、誰に、どうして。何を聞けばいいのかわからずに聞き返す。彩名は窓際にゆっくり移動し、他の生徒がちらほらいるのにも構わず窓を開けた。秋風がカーテンを膨らまし、風船が割れるみたいに一気に形が崩れて風が教室に吹き込む。彩名の結ばれた髪がゆらゆらと揺れて、目が離せなくなった。

「里香にも」

「え？」

思わず窓際に近づいた。彩名は私の耳元に唇を近づけて、息が混じった声で言った。

「里香にも、寂しい思いをしてもらいたかったからだよ」

顔を遠ざけ、彩名と目を合わせる。

「それだけ？」

そう聞くと、彩名は恥ずかしそうな、照れたような表情を浮かべて頷いた。

「それ以上に大事なことなんて、わたしには一つもないよ」

告白をするような口調で言われたので、ありがとう、と言ってしまった。それから予鈴が鳴って、私達はそれぞれの席に戻った。

彩名の行動はいつも予測がつかなくて、言動は予想をもっと超えてくる。私が寂しくなること以上に大事なことがないなんて、普通じゃない。学校を休むのに、そんな理由を聞いたことがない。この関係が正しい友達同士の関係なのか、私にはよくわからない。それでも、彩名に他の友達ができるようになるまでは、私はこの違和感に目をつぶる必要があるのだ。


体育のダンス練習で美術部の子達が瑠奈ちゃん達にキレられて泣いていたことと、技術の授業ではんだごてを使うときに男子がふざけたせいで先生に怒鳴られたことを除けば、その日は一日平穏に過ごせた。休み時間は彩名が黒板を消すのを手伝ったし、昼休みはもちろん彩名と二人で教室に残った。もしかしたら今、葉月と光樹は私の悪口を言っているのかもしれないなと思ったりした。

平穏な友人関係はお互いに悪口を言い合うことでようやくバランスが保たれている。男子ならいじるとか、いじめるとかがその手段なんだと思う。過度に執着せず、期待せず、だから嫌いにもならず、安定してなんとなく仲の良い、つるむような状態を続ける。私も今までそうしてきたし、クラスであぶれている子を見つけたら、その子が平穏な友人関係を築けそうな相手とくっつけてきた。思えば前の学校では昼休みはいろんなグループに顔を出していて、そこでの会話でクラスの状況を把握していた。その八方美人な感じがクラスの人の反感を買ったのかもしれない。

今ならわかる。みんな仲良くなんて幻想だ。誰とでも仲良くなるということは、誰にも興味がないからできることだ。神様が誰かを救うことができるのは、誰のことも好きじゃないからだ。

帰りの学活は、そんなことをぼんやり考えていると終わった。ポケットに入れておいた折り畳んだルーズリーフとシャーペンの感触をポケット越しに確かめながら頬杖をついていると彩名が近くに来ていた。日誌は学活の後にさっさと先生に渡したらしく、帰ろうと言っている。いいよと言いかけたとき、頭の中で図書室という文字が点滅した。今日を逃してしまうと、明日は朝も放課後も部活があるからまた来週になってしまう。できるだけ早く新聞記事を見つけないといけない。そんな気がした。私は胸の前に手のひらを彩名に見せるように出して、慎重に嘘をつく。

「ちょっとトイレ行ってくるから待ってて」

「だったら一緒に行く」

予想外の反応に少しうろたえたけれど、とにかく彩名に来られては困る。転校前の事件、あるいは事故に彩名が関わっていないとは言い切れない。二人が同じバドミントン部だったということも気がかりだった。

「生理中で時間かかるし」

「え、ナプキンある？　貸す？」

やんわりと言うのでは伝わらないと判断し、はっきりと言うことにした。

「とにかく一人で行かせてほしい」

嫌がっていると思われないように気をつけながら、私は真面目な、少し困ったような表情を浮かべた。彩名は悲しみを口元に滲《にじ》ませ、すぐに笑顔を作って言った。

「一緒に帰ってくれる？」

「もちろん」

「すぐに戻ってくる？」

「できるだけ」

「わたし、待ってるからね」

「ありがとう」

手ぶらで教室を出る。彩名が教室から顔を出しているか何度か振り返って確認し、いなかったので小走りで中央階段を上がっていく。

「お疲れ様です！」

大きな声で挨拶されて慌てて顔を上げるとテニス部の後輩だった。多分ここで愛想よくすぎても上下関係や秩序が乱れると部長に怒られる。申し訳なく思いながらそっけなく対応し、踊り場に出て階段が残り半分になったところから一段飛ばしに切り替えた。

上がりきって右に曲がり、奥の図書室を目指す。掃除中だったらどうしようと思ったけれど、中にいるのは司書さんだけだ。私は彼女に軽く会釈してから、いきなり本題を告げる。

「過去の新聞ってありますか？」

「地方紙？　全国紙？」

眼鏡姿の司書さんが、そっけないというよりは用件だけを告げる口調で言った。事故について考えてみる。転校する前に知らなかったということは、全国紙には報じられてなかったのだろう。

「地方紙です」

「この地域のだけだけど」

そう言って司書さんはこちらに出てきてくれて、過去の新聞が置かれた棚を案内してくれた。

「記事の内容で検索とかはできないけど大丈夫？」

「はい、大丈夫です。ありがとうございます」

頭を下げると司書さんはカウンターの中に戻っていった。最新から少しずつ遡るように、先生が話していた時期の記事を探していく。早くしないと彩名が心配するだろう。私をトイレに探しにいく可能性もある。

「……この辺かな」

長いクリップのようなもので留められた新聞を取り出し、机に持っていって広げる。何面に載っているのかはわからなかったので、一面から見出しだけ流し見していく。新聞の柔らかい紙が指を優しく擦って、手のひらの水分が少しずつ減っていく。お父さんが新聞をめくるときに指を舐める理由にこんなタイミングで気づいた。

三面まできて見出しを眺めていると、電車にはねられ女子中学生死亡、という見出しが目に入った。うちの市の名前が載っている。

『二十八日午後七時半ごろ、A市の踏切で女性が電車にひかれて死亡した。A署によると、所持品などから県内の市立中学に通う十四歳の中学生の可能性があり、身元の特定を進めている。同署によると、目撃情報などから女子中学生は遮断機が降りた後も踏切内にとどまっていたとわかった。

同署は自殺と事故の両面で調べているが、踏切の監視カメラの映像を調べたところ、女子中学生は踏切を渡る際に終始スマホの操作をしていたため、「ながらスマホ」が原因の事故であると見られている。同署の調べに対し運転士は「三十メートルほど手前で発見し、ブレーキをかけて警笛を鳴らしたが間に合わなかった」と証言している。

乗客に怪我はなかったが、計四本に運休や遅れが生じ、約千人に影響した』

本人の名前や通っている中学は書かれていなかったが、先生の話と内容が合っている。この事故のことで間違いないだろう。

ポケットに入れたルーズリーフにシャープペンシルで新聞の内容を書き写していく。学校のスマホ禁止を今以上に恨むことはないだろう。要点だけ書き写すか文章ごとにするか少しだけ迷い、最初の段落は文章をそのまま写すことにした。途中でシャーペンの芯が折れてしまい、次の芯を出すためにノックを繰り返していると、まるでスパイ映画の主人公にでもなったような気分だった。周囲に人はおらず、司書さんも何か自分の作業をしていてこちらを気にしていない。新聞に載っているものなのだから誰にも知られてはいけない秘密というわけでもないが、この学校の生徒に起きたことを転校生である私が密かに調べていることには、ほんの少し後ろめたさを感じた。

一段落を書き写し終え、あとはキーワードだけ拾うように文字を書く。定期テストで方々から聞こえる殺気立ったシャーペンの音を、私一人だけで鳴らしているようで不思議な気分。

監視カメラ、ながらスマホ、運転士、三十メートル手前、ブレーキ、警笛、乗客に怪我なし……。

「何してるの？」

反射的に新聞を開いたまま自分の膝の上に置き、ルーズリーフを右側のポケットに入れた。隠すべきものをどかしてからようやく顔を上げると彩名がいて、声から予想できそうなものなのに気づくのに遅れた。

左隣の席に彩名が座る。自分の鞄と、なぜか私の鞄まで持った彼女は息を切らしているようで、肩を上下させている。

「何してたの」

凄《すご》むように言われて、思わず新聞に目をやってしまう。

「別に」

「里香の使って、紙でできてるんだね」

りかのべんという言葉の意味を咄嗟には摑めず、そういえばトイレに行くと伝えてあったと思い出す。

「トイレ行ったら用事思い出しちゃって、すぐ済ませるつもりだったから」

「里香はトイレに行ってないよ」

「え？」

何度も振り返って確認したはずだ。彩名がいないことを。私のことを見ていないことを。だけどなんで知ってるのと聞けば、嘘をついたことを白状するようなものだ。四階のトイレに行ったという言い訳は、図書室に行くことをトイレで思いついたと言ってしまっているので苦しいだろう。

「里香を見送ってすぐに、教室に吹部の一年が練習するからって入ってきたの。教室すぐに出なきゃいけなくて、だったらトイレに里香を迎えに行けばいいやって思って二人分の鞄持ってトイレに行ったの。そしたら里香がいなくて。もしかしたら好きなトイレがあるのかもって全部の階のトイレ探した。各階に二個ずつあるから結構大変でさ、一階から四階まで順に探したの。だけどやっぱり里香はいなかった。じゃあもうトイレっていうのは嘘なのかなって。今日は部活ないしそもそも体操着が置いたままだから部活は除くとして、部活関係なく生徒が入れる場所ってどこだろうって思って、四階にいたからとりあえず図書室かなって。いるとは思ってなかったけど、一階のトイレ探すついでに下駄箱見たらローファー入っているし、帰ってないのは確実だったから。そしたら本当にいてびっくりしたよ。トイレで用事を思い出したって言ってたけど、トイレなんて行ってないでしょ。直後だったもん、吹部の子が入ってきたの」

一息に言われて、私はどう反論したらいいのかわからなかった。吹部の子が入ってきたから教室を出る、までは理解できたけれど、そこから学校中を探し回るのは理解できない。彩名に他の友達ができるようになるまでは、と朝は思っていたのに、彩名の行動の理由がわからなすぎて、もう気持ちが揺れていた。

「なんで嘘ついたの」

「ごめん」

「謝ってほしいんじゃないよ。理由を聞いてるだけ」

彩名は嫌な怒り方をする先生みたいなネチネチした口調になっている。

「調べたいことがあったから」

下手に嘘をつくのはやめようと、本当のことを言った。

「この新聞？」

「あ、ちょっと」

膝に置いてある新聞を彩名に奪われるように引っ張られ、抵抗はしたが図書室のものを破ってはいけないとすぐに力を抜いてしまった。彩名は右上から順番に見出しに目を通している。どうして、膝に置くならせめて閉じてからにしなかったんだろうと、私は数分前の自分を責めた。

「真実のこと？」

「……真実」

新聞に名前は載っていなかったけれど、葉月が言っていたのと同じ名前だった。

「電車に轢かれた、花石真実。わたしの、元友達」

何その元彼みたいな言い方、なんて言える空気ではなかった。彩名の新聞の持つ手は震えて、その目には涙が滲んでいたから。

どうしたの、と声をかけようとしたとき、彩名の目からこぼれた一粒の涙がつぅっと頬を伝って、セーラー服のタイに水たまりのような模様を作った。

6

真実と連絡がつかなくなった日は、風の強い日だった。

【どういうこと？】

送った文字には既読がついていて、だけど返事はいつまで待っても来なかった。部屋のベッドでまだ制服を着たままだったわたしは返信を待ち続けようとも思ったが、お母さんの声がした。

「今日はお母さんが作った方がいいってことかなぁ」

「ごめんね、今から買い物行くから」

そう返事してタイをほどく。お母さんは自分がしてほしいことを、こうやって遠回しにわたしに伝える。だから多分、わたしもこういうやり方で人と接している。お母さんを見て育ってきたから。

制服を脱いでパンツとスポブラ、キャミソールだけになっても、あまり爽快感はない。料理をして汚れてもいいようなトレーナーとジーンズに着替え、制服をハンガーにかける。朝起きたら制服に着替えて、帰ってきてからは家事用の制服に着替える気分だった。わたしは昨日と同じトレーナーを着ているのだけどそのことに気づいてくれる人なんて、わたしのことを見てくれる人なんていなくて、きっと更衣室でみんなに見られながらこうやって豪快に着替えたら、爽快感があるのだろうなと思う。いつものようにマナーを守って下着が見えないようにするのではなく、全部脱いでしまうのだ。

学校とは反対側にある近所のスーパーに行き、タイムセールの豚肉を見つけたので生姜《しょうが》焼きにしようと決めた。キャベツはまだ少し残っていたし、豆腐と卵、納豆だけ買ってしまおう。

「お使い？」

耳にボールペンを引っ掛けている店長さんに声をかけられ、わたしはあやふやに頷く。チェーンではないこのスーパーを切り盛りする店長さんは、常連かどうかに関係なくお客さんに声をかけることが多い。もうお使いという年ではない気もするし、昨日も同じ質問をされたけれど、誰かに子供として扱われるのは心地いい。

お母さんに渡されている封筒からお金を出し、もらったお釣りをそのまま仕舞う。黒いボールペンで書かれた食費という文字は褪《あ》せてはいないけれど滲んでいる。茶封筒も年季が入ってボロボロで、お父さんの使い古した革財布みたいに柔らかい。替えてほしいと思いながらも、わたしはそのことを言い出せない。子供はお金が稼げないから、大人の言うことを聞かないといけない。

お母さんから借り続けているエコバッグに物を仕舞っていると、バッグの底に昔のレシートがクシャクシャになっているのを見つけた。取り出して広げ、日付と買ったものを眺めてみても、いつのことなのかさっぱり思い出せない。二週間前のここのレシートだからきっとわたしが買ったやつなのに。ピンポイントで日付を指定されてもその日の学校の授業の内容を思い出すことができないみたいに、日常に馴染んでしまった買い物は、一つ一つに切り離すことができないのだ。

帰り道、あまりに風が強かったので飛ばされそうになり、真実と一緒に空を飛びたいと思った。買い物に出てから初めて真実のことを思い出し、ジーンズのかたいポケットからスマホを取り出してみたけれど、返事は来ていないままだった。

「彩名さあ、もう少しキビキビ買い物できたらいいんじゃない？」

帰ってきたわたしを見て、お母さんはおかえりより先にこう言って、わたしは気をつけるねと返事をした。できるだけ早く帰ってきたつもりが、お母さんは遅いと感じたみたいだ。お父さんは出張に行ったらしい。出かける前に伝えておいてほしかった。

「すぐ作るから待ってて」

「納豆、小粒は嫌いなんだけど」

わたしが準備をするより先にお母さんがエコバッグの中身を漁っていた。そんなに暇なら、文句だけ言うのではなく冷蔵庫に仕舞っておいてほしい。

「大粒がいいんだっけ、今度から」

「ひきわり」

遮るように言われて、わたしは一瞬たじろいだ。

「そっか。ごめんね、ちゃんと覚えてなくて」

「お母さんがどんな納豆が好きかなんて、彩名だけじゃなくてこの世の誰も興味ないから気にしなくていいよ」

どう返したらいいのかわからずにまた謝ると、娘ならわかってほしいだけだと告げ、お母さんはリビングに戻り、テーブルに突っ伏して眠り始めた。

豚肉を取り出して台所のハサミで半分に切っていく。フライパンに油を引いて火をつけ、その間にボウルに生姜と砂糖と酒と醤油、あとはみりんを適当に入れる。別の小鍋に水と顆粒《かりゆう》だしを入れて火にかけているとフライパンが温まってくるので豚肉をザッと入れ、軽く火を通す。小鍋が煮立っているところに豆腐を切って入れ、乾燥わかめを上からかける。豚肉に火が通ったところでフライパンに混ぜたタレを入れて煮詰め、小鍋の方に味噌を入れる。

わたしの料理は食べられれば良いという考え方で作っているので結構雑で、今日もご飯はいつ冷凍したのかわからないやつをレンジで温める。

出来上がってお母さんを呼び、食べてもらうと開口一番、

「ちょっと濃いね」

とダメ出しされた。ごめんなさいと言ってわたしも食べるけれど、味が薄いのか濃いのかよくわからない。わたしは自分で作ったものの味がよくわからなくて、これは自炊をする人間として致命的だと思う。お母さんに聞いてみたけれどそんなことは今までなかったみたいだし、自分で作るとき限定で味覚があやふやになる理由は、きっとよくわからないまま一生続くのだと思う。

おいしいともありがとうとも言われなかったが、お母さんがご飯を食べてくれたので、わた

しは嬉しいと思った。真実からの返事はまだ来なかったので、おやすみと送ったけれど既読もつかなかった。ベッドでメッセージを送り続けていたら、いつの間にか眠りに落ちていた。

翌朝は昨日の風に加えて雨も強かった。

真実へのＬＩＮＥで夜更かしをしていたせいでギリギリの時間に教室に入ると、ほぼ全員が揃っていた。そのせいで教室の後ろからゆっくりと移動しても注目を浴びてしまい、クラスメイトからの視線の針が体中に刺さった。ボタン付けで使う細い短針ではなく、刺繡《ししゅう》用の太くて長い針が多い感覚。この痛みが抜けるのには時間がかかるのだと思いながら席につくと、サトセンがみんな揃ったかな、と湿った声で言った。

「今日は朝読書も朝学活もなくなりました」

ラッキー、という男子達の声がカラカラと明るく響いた。サトセンはいつものように静かにしてーと怒らず、眉毛の両端を下げたような間抜けな表情を変えなかった。

「その代わり、全校集会があります」

「は？　だりぃんだけど」

森くんが立ち上がり、それを石井くんが揶揄った。瑠奈さんや桃子さんみたいなうるさい女子たちも、なんかやばくね、と密かに話し合っている。ざわめきが大きくなった頃に、サトセンは少しだけ息を吸ってから一息に言った。

「このクラスのことだから先に伝えておきます。昨日、みんなのクラスメイトである花石真実さんが亡くなりました。あとで警察の方が来ます。みんなにも事情を聞くことがあると思いますが、協力してください」

サトセンが頭を下げる。教室は一瞬静まり返り、それから男子がはしゃぎはじめた。

「まじで？」

「やばくね」

教卓に立つサトセンは、質問には答えない。この教室が見えていないような顔をしているなと思ったところで、ようやくわたしの脳みそは何が起きたのかを理解した。

「え？」

思わず声が出ていた。

だって、真実が死んだ。わたしの知らないところで勝手に。たった一人で。

一番の友達だと思っていた。わたしには真実しかいなかったし、真実にもわたししかいなかった。真実を独り占めできるならわたしはなんでもやった。

筆箱を開き、ペンを一本取り出す。ゴールデンウィークに二人お揃いで買ったライラックピンクの四色ボールペンには赤とピンクと紫と紺のインクが入っている。どれも真実が好きな色。わたしには好きな色なんてなくて、真実が好きな色がわたしの好きな色だから、真実が好きな色を自然とわたしも好きになり、文房具屋さんで一緒に買おうと言われたとき、わたし達が指した色は全く同じだった。

――わたし達が仲良くなった記念、ってことで。

真実はあの日、そう言ってくれた。嫌なことがあっても、真実を嫌いになりそうになっても、このペンを見ればあの頃の気持ちを思い出せた。教室でもう一本、わたしと同じペンを持っている子がいる。それだけでわたしは救われてきたし、きっとそれは真実も同じだったはずだ。

だけど今、教室にこのペンは一本しかない。一番の友達がいなくなってしまったことを、わたしはペンの本数でしか実感することができなかった。

それから机の引き出しに手を入れると、入れた覚えのない何かが手に当たった。


全校集会では校長が命を大切にと説いただけで情報は増えず、それから生徒達は一体何が起こったのかという情報を交換しあっていた。

朝読書や昼休み、放課後を使って生徒が一人一人呼び出されて事情を聞かれたり、毎日のように違う紙でいじめの有無についてアンケートを取られたりしていたので、日々はあっという間に過ぎていった。

お母さんはクラスメイトが亡くなったとクラスだよりで知ったみたいだったが、痛ましいね、と呟いたきり何も言わなかった。

一週間くらいして、学校は事故だったと言うようになった。うちのクラスにも朝学活の時間、それまでよく来ていた警察の人が改めてやってきて、花石さんは事故で電車に轢かれて亡くなりましたとはっきり言われた。

サトセンは目の下のクマを真っ黒にして警察の人達を見送り、それから教卓に立って頭を下げた。

「みんなを疑うようなことをしちゃって、本当にごめんなさい。私はみんなのことを信じてる。このクラスは良いクラスで、花石さんは事故だった。警察の方もそう説明されたので、今後はこうやって疑われているような気分にさせることはなくなると思います。みんな協力してくれてありがとう。花石さんのことは忘れないけれど、みんなもみんなの生活に少しずつ戻っていけると良いなと思います」

そこまでゆっくりと淀むことなく言ったサトセンは、また深く礼をした。

「花石さんの席、一番後ろだから机はそのままにしておきましょうか」

サトセンが遠い目をして言ったが、誰も何も返さなかった。


北階段の踊り場は、階段自体の幅が狭いのもあり人の気配がない。代わりにあるのはかびた埃の香りがする淀んだ空気で、ここの掃除当番になった一年生は最初、お化け屋敷よろしく怖がり、密かに盛り上がる。

北階段は中央階段の半分以下の幅しかないから、並んで通るのは二人が限度だ。一人で上がるわたしはいいけれど瑠奈さん達は何組かに分かれないといけないだろう。あの子達は三人組だから二人と一人に分かれるはずで、いつも仲良しのふりをしている彼女達が誰をその一人にするのか想像すると良い気味だった。

「遅えんだけど」

三階と四階との間、踊り場に瑠奈さんがいた。ごめん、と軽く謝って彼女の後ろを見ると、四階まで、一段に二人ずつ女子が立っていた。いるのは三人だけだと思っていたわたしは驚き、下ろした右手の人差し指だけをこっそり動かして全部で何組いるのか数えた。七段ある。一番後ろは三人で、だから瑠奈さんを合わせて全部で十六人。クラスの女子はわたしと真実を合わせると十八人だから、B組の女子全員がここにいるということになる。わたしは胸ポケットの膨らみに気づかれないよう、少しだけ猫背になる。

瑠奈さんに呼び出されたからてっきり、葵さんと桃子さんしかいないと思っていた。クラス内のヒエラルキーを上下逆さまにしたような並び順は、内閣発足のときに出る、レッドカーペットにお揃いの格好をしたおじさん達が、偉い順に前から上がっていくあの写真によく似ていた。同じ制服を着た女の子達が偉い順に並んでいる姿はそれだけ壮観で、瑠奈さんが話し出すのがもう少し遅かったら、写真に撮ってあげようかと言い出すところだった。

「お前さ、言ってないよな」

「何を？」

「すっとぼけんなよ本当うざいなあ」

瑠奈さんは舌打ちをしてから、声をひそめる。

「アンケートだよアンケート」

「ああ、うん」

サトセンが連日クマを濃くしながら配っていたアンケート。いじめがあるか、繰り返し表現を変えて聞いてきたやつ。わたしは真実を独り占めしようとしたことはあってもいじめたことなんてなかったから、全部「いいえ」と答えていた。わたし達の関係性は、大人が用意したどの選択肢にも当てはまらない。

「来年受験なわけ、うちら」

葵さんが後ろで頷いている。

「あんなやつのために内申落とすわけにいかないの、お前でもわかるよな」

瑠奈さんはわたしと距離を保ち、口調は荒いけれど淡々と、自分が言いたいことだけを言っている様子だった。いつになったら解放されるんだろう。女子達の視線は裁縫箱の針で言うと鋭い短針ばかりで、教室で感じた刺繍針の痛みは男子の視線によるものなのだと気づいた。

「アンケートに書くほどバカだとは思ってなかったからそこまではいいんだけど、今後も佐藤に何か聞かれても警察が来てもカウンセラーが来ても、このクラスで起きたことは絶対に話すな」

さっきみんなを数えていた右手人差し指が居場所を失っている。わたしも居場所を失っているのでせめてこの指には居場所を与えてあげたくて、左手の甲に重ねるように動かす。遅れて、こういうときはサトセンのことを佐藤と呼ぶんだと気づいた。

「何、お前うちらのせいにしたいの？　言っとくけどさ、そもそもお前が悪いよね。お前がいなければあんなことにはならなかったよね？」

傷ひとつない左手の甲に右手の人差し指の爪で、すうっと線を引く。まずは引いた部分が白くなり、同じところに何回も繰り返し爪を立てていくと、赤く色が変わってくる。

「お前が悪いから、全部」

わたしの辛さが、悲しみが、怒りが、この夜空に爪を立てたようにできた三日月によく似た引っ掻き傷から、体の外に出ていっている。

「お前のせいで巻き込まれて、うちら被害者だよね？　ねえ加害者、ごめんなさいは？」

頭がぼうっとして、体がふわふわして、お酒を飲んだらこんな気分になるんだろうか。瑠奈さんの怒る顔に、少しだけ口角が上がっ……。

「ごめんなさいは？」

瑠奈さんが、わたしの頭を掴んでいる。一本一本は細いはずの髪の毛が頭皮を引っ張り、痛くて目に涙が滲む。悲しみではなく、生理現象で出る涙。わたしは息を荒くして手の甲を引っ掻く。

「いい加減にし……」

「ごめんなさい」

勢いよく頭を下げたのに瑠奈さんが頭を放してくれなかったから、髪の毛が全部抜けてしまうのではないかと思った。だけど手の甲を引っ掻き続ければ、どちらが痛いのかよくわからなくなる。わたしは小さい声でもう一度、ごめんなさいとみんなに言った。

「みんな聞いた？」

瑠奈さんの手が離れる。わたしは息を大きく吸って、そのまま大きく吐こうとしたのにわたしの体が空気をたくさん必要としていたみたいで、少ししか吐き出せなかった。

「この話聞いて止めなかったあんたらも同罪だし、うちらはもう共犯者だから」

瑠奈さんが階段の上を睨むように言って、みんなは何も言わなかった。わたしはまた息をたくさん吸って、少しだけ吐き出した。親友だと思っていた真実が、わたしとは関係なく自分だけで死んでしまったなんて許せない。わたし達は親友だったはずなのに、どうして。

＊

「……大丈夫？」

里香が背中をさすってくれる。図書室に染み付いた本の匂いがむっと胸にきて、今度は息を吸うのが難しくなったらしい。あの頃を思い出そうとするといつもこうだ。

「だからね、真実はあの頃みんなに距離を置かれてて、仲間外れっていうのかな、瑠奈さんとかが中心で、友達はわたししかいなくって」

「そうだったんだね」

優しく聞いてくれる里香の胸元のタイが、わたしとよく似た結び方に収まっている。それが愛おしくって、わたしは右手でリボンの部分を摑み、少しだけ下に引っ張る。

「だからね、真実が死にたいって思っていてもおかしくなかったと思うの」

「どうしてそう思うの?」

「真実あの日、踏切を無視して線路に立ってたんだって」

「でも警察は事故って……」

「無視して立ってたの!」

声を荒らげてしまい、里香がカウンターを振り返ると司書がわざとらしく咳払いをしていた。すみません、と里香は司書に言って、廊下で話そう、とわたしの手を取ってくれた。

里香に手を引かれて歩いていると、舞踏会でエスコートしてもらうプリンセスみたいな、うっとりとした気分になれた。踊り場に呼び出された日に初めて手の甲に傷をつけたときのような高揚感は、里香に手を引いてもらうだけで得られるものだったのだ。

図書室の隣にある教材室は電気がついていなかった。里香はわたしの手の先を握ったままで廊下の壁に背中を預ける。なんとなく、里香の右側に立って言った。

「鞄は……」

手を引かれて出てくるとき、鞄は置いたままだった。

「話し終わったら取りに行こうよ。誰も盗まないよ」

里香が微笑むので、わたしも真似をして目を細める。

「真実ね、わたしの友達だったの」

「わかるよ。彩名にとって大切な友達だったんだね」

里香の言葉でわたしの中の何かが、ぷちんと切れる音がした。

「大切な友達だったよ。代わりはいないと思ってた。わたし達はいつだって一緒にいたし、みんなが真実のこと嫌いでも、わたしだけは味方になってあげようって思ってた」

「そんな友達がいて、真実ちゃんも嬉しかったと思うよ」

「なのに！　なのにね、わたし真実がそんなに辛かったなんて全然気づいてあげられなかった。ちゃんと支えてあげられなかった。友達としてもっと、話を聞いてあげて、もっと一緒にいて、二人で解決策を考えて、もっと、もっとできることがわたしにはあったんだよ。だけどわたしがちゃんとできなかったから、一緒にいてあげられなかったから、真実はきっといつ死んでもいいやって、いなくなっちゃいたいって、消えちゃいたいって思っちゃったんだよ」

たった一人の親友を自分のせいで亡くしたという自己嫌悪は、手の甲に引っ掻き傷をつくるときと同じようにじんわりとわたしの心を満たした。心の隙間から溢れ出る液状の後悔に溺れそうになり、自分の顔がゆるんでしまったように思えて下唇を噛む。表情をきりりと引き締めて、呆然としたように、だけど話さずにはいられない、というように。わたしの親友が、わたしとは関係なく死んでしまったなんて、ありえないのだから。真実はわたしのせいで死んだ。わたしはそれを止めることができなかった。そうでなければ親友なんかじゃない。真実にとってわたしも、その他大勢のクラスメイトと同じだということになってしまう。

大丈夫。わたしはちゃんと可哀想だ。たとえ全部、嘘なのだとしても。

「そんなこと……」

「だからね、わたしのせいで真実は死んだんだよ。わたしが真実を、殺したんだよ。だって、だって真実のリボンは、ずっとわたしが結んであげていたのに」

里香は何も言えないという様子で、口を閉じてしまった。その代わりにわたしの背中をさすってくれて、それによってわたしは自分が呼吸をうまくできていないことに気づく。どうして人間の体は、心になんか影響されてしまうのだろう。

ぼんやりとしていると、左手を触られる感覚があった。

「ねえ彩名」

「ん？」

「何、これ」

里香に手を取られ、わたしはわたしの手の甲を見る羽目になった。真実がいなくなってからよりも増えた、格子柄みたいにできた傷。

「痛いでしょ」

「今は全然」

「じゃなくて、やってるとき」

「瞬間は気持ちいいの。あとからじわじわくる系」

里香もやりたいのだろうかと思って説明していると、大きなため息が聞こえた。

「彩名が自分を傷つけるのを見ると、私は悲しいよ」

大真面目な顔でそんなことを言う里香がおかしくて、わたしは笑みを抑えられない。

「そう」

それだけ返事して、それ以外にどうしたら良いのかわからなかった。里香は先帰るねと言って図書室に入り、自分の鞄だけ持って出てきた。わたしは里香の分の鞄も持ってきてあげたのに。だけどそう言葉をかける隙もないほど一瞬で里香が通り過ぎたのでわたしも遅れて図書室に戻り、里香が座っていた椅子に少しだけ座ってから、一人で帰ることにした。

第三章

7

　彩名の自傷行為を見て、私は悲しかった。いつから始めたのかはわからないし、その場では聞く気も起きなくて、彩名を置いて出てきてしまった。一人の帰り道は寂しくもなくて、その代わりに解放感もなく、今日の曇り空に影響されたようにどんよりとした気分だった。

　大切な人が自分を傷つけて、死にたいと言っているのを見ると辛いのは、自分の力不足を痛感するから。私を生きる理由にしてほしいとまでは思わないけれど、死にたいと思って足を踏み出すとき、私の存在が彩名の重りになってくれないかなと思ってしまう。だけど彩名はそんなこと望んでいなくて、私がどう思おうが関係なく、一人でどこかに行ってしまうのかもしれない。

彩名はきっと、大切な友達がいなくなったことがきっかけで不安定になってしまって、だからクラスのみんなから避けられているのだ。

それから彩名は誰かと仲良くなるとすぐ、同じように自分の目の前から消えてしまうのではないかという恐怖に襲われて、だから私が他の子と仲良くするのを見るのが耐えられないんだと思う。彩名はきっと、多分、絶対に、本当は優しくて思いやりのある良い子なのだ。

ローファーのかかとでアスファルトを蹴る音がいつもよりも鈍い。彩名が追いかけてきたりしなくて、残念なようなホッとするような、思考にもやがかかった曖昧な気分。彩名といつも別れる場所に立ち、私は見えない彩名に向かってバイバイと小さく手を振った。

家に帰るとお母さんが片付けたらしい空の段ボールが大量に畳まれていて、私も部屋の本棚に本を移さないと、と思った。セーラー服を脱いでハンガーにかけ、前の中学のジャージに着替える。本が入った段ボールのガムテープに手をかけたところで、セーラー服のポケットから紙切れが落ちた。

二十八日午後七時半ごろ、A市の踏切で女性が電車にひかれて死亡した。

くしゃくしゃになったルーズリーフは、私の焦ったような汚い字で埋められている。

――真実あの日、踏切を無視して線路に立ってたんだって。

彩名の声を思い出す。ガムテープがぴりぴりと剝がれる音が、段々と耳元から遠ざかっていく。段ボールから手を離し、落ちたルーズリーフに手を伸ばした。机においてあるスマホを起動し、ブラウザを開く。

「A市　踏切　中学生」

新聞から得られた情報を入力し、検索ボタンをゆっくりと押した。音が立たないから、本当に押せたのかどうか不安になる。画面が切り替わり、特集記事がいくつか出てきた。中には目線入りだが写真が載っているものもあり、うちの中学の制服だとすぐにわかる。

【ながらスマホの危険性】

【電車にはねられ女子中学生死亡。歩きスマホが原因か】

真面目そうなニュース記事がいくつか出てきたのでタップし、知らない情報がないか探していく。新情報は何もなく、彩名が言っていた踏切を無視していたという情報は、新聞にも書かれていた「目撃情報などから女子中学生は遮断機が降りた後も踏切内にとどまっていたとわかった」という部分を彩名なりに解釈した結果なのだろう。自殺だと結論づけられた記事はひとつもなく、やはり警察は事故だと処理したということだ。

前のページに戻ってページの下を見ていくと、まとめサイトが目に入った。

【バカJC、歩きスマホで無事死亡ｗｗｗｗｗ】

思わずタップすると、記事の内容は私が持っているものと同じだけど、それを面白おかしく書き込む色々な人達のコメントも掲載されていた。

ＪＣという言葉は知っているけれど、お母さんはその言葉が大嫌いだ。元々は援助交際のための隠語として使われていたらしく、気持ち悪い変態のおじさんが使うことはあっても自分で名乗るものではないらしい。私にとっても、別にお母さんに刃向かってまで使いたい言葉ではなかった。

読み進めていくと、この事件はネットではそこそこ有名なのだとわかってきた。自殺か事故かで盛り上がっているのではなく、歩きスマホをする女子中学生は無条件にバカにできる存在であるというような論調で、確かにこれは変態の人達が書いているのかもしれないと思った。

「何してるの？」

ドア越しにお母さんから声をかけられ、見えるわけないのに慌ててブラウザを閉じ、ルーズリーフにシャーペンで『あいうえお』と書いた。

「宿題やってた」

それだけ返すと特に何も言われなかったので、スマホをベッドに置いてぼんやりと椅子に座っていた。ルーズリーフは勉強机の、鍵をかけられる引き出しに入れることにした。

朝練のため体操着で学校に向かいながら、まとまらない思考を整理する。一週間の終わりだというのに休みへの希望はなく、どんよりとした憂鬱さが頭の中にぐるぐると渦巻く。

真実さんの件は、警察の言う通り事故だったのだと思う。遮断機が降りた後も踏切内にとどまっていたのはスマホを見ていて自分の状況に気づかなかったからだ。先生がいじめを気にするのは担任だから当然だが、事件性はないという警察の判断を結局は学校も受け入れたのだ。

昨日彩名が、わたしが殺したなんて口走ったのは、あの子が自殺したと言いたかったわけではなく、何もできなかった自分を責めるためだろう。大切な友達を急に亡くしたら、誰だって悲しみと一緒に罪悪感を抱くだろうから。

「でも……」

彩名の話で一つだけ、気になっている部分があった。

前半、私はただ、あのクラスでは瑠奈ちゃん達によるいじめがあって、そのことを彩名にも口止めしようとしているだけだと思った。事故で死んでしまったクラスメイトのいじめの告発をしたって、誰も喜ばない。大人達はいじめがあったら隠したがるし、いじめた生徒や傍観者の成績が下げられて内申点に響く。唯一知りたがるであろう親にしたって、娘はただ事故で死んだのだと説明されている。今更「あれが事故なのは変わりないんですけど、娘さんはクラスでいじめに遭っていて、私達はそれに気づいていませんでした」なんて言われたところで、娘が帰ってこないという事実は変わらないのだから、担任の自己満足にしか見えなくなるのではないだろうか。

その生徒が死んでしまった以上生きている人を優先させるのは当然のことで、いじめのアンケートを取りましたと先生は必死で頑張っていることをアピールしているつもりだろうが、そんなの、死んでしまってからではなんの意味もない。生きているうちに、間に合ううちに頑張らないとただの自己満足で、死体を使って一人芝居をしているようなものなのだ。

無意識で歩いているといつの間にか下駄箱が現れた。まだうちのクラスの子は、誰も来ていないみたいだ。

元学級委員でありながら、私は瑠奈ちゃんの「死んでしまったクラスメイトのいじめは明らかにしても良いことがない」というスタンスには賛成で、アンケートを取ったのだと必死で言い訳をする佐藤先生は何もわかっていないと思う。

だけど、事故のあとに踊り場に呼び出して、瑠奈ちゃんが彩名にかけた言葉。

——お前が悪いから、全部。

あれは一体、どういう意味なんだろう。瑠奈ちゃん達がいじめをしていたとして、彩名がどう関与しているというのだろう。彩名が瑠奈ちゃん達に指示していじめをさせた？　……違う。だとしたらその時点で彩名が瑠奈ちゃんよりもクラスでの立場が上だったはずで、瑠奈ちゃんがその場で彩名の頭を掴むのはおかしい。いきなり呼び出してクラス全員と対峙させるという方法からしても、下剋上という様子ではなさそうだ。彩名が親友としてあの子を守ってあげられなかったから死んでしまったと、そういうつもりで言ったのだろうか。その方がしっくりくる。だけどその場合、瑠奈ちゃんが彩名に謝らせる動機がわからない。

他には、他には……。

「おはよー」

声がして、体が思わずびくっと動いた。声の主は葉月で、ぼーっとしてどうしたの、と笑っている。曖昧に笑い返し、自分がまだローファーを履いていることに気づいて急いで上履きを取り出し、右足からつっこむ。

「ようやく金曜日だー」

解放的な笑顔を浮かべる葉月も、昼休みに彩名を上から見ていた一人なのだ。穏やかなだけの友情なんて、この世のどこにもない。

朝練は顧問の指示でランニングと筋トレをさせられた。試合形式の練習が一番好きな私からすると地味すぎてやる気が起きず、みんなの表情を見ると大体が私と同じような気持ちなのだと思う。だらだらとやっていたからかいつもよりも終わる時間がギリギリになってしまい、みんな体操着のまま教室に戻る羽目になった。

うちのクラスは一時間目が体育だったから、むしろラッキーだったねなどと葉月と話しながら教室に小走りで急ぐ。クラスには桃子ちゃん以外全員揃っており、葉月と二人で教室に入ってきたからか彩名が睨んでいるみたいに感じた。私は小さく手を合わせ、彩名の机の横を通るときには彩名の肩に軽く手を置いた。

彩名はきっと、常に不安なのだ。だったら、彼女の不安が小さいうちに不安の種になりそうなものをその都度解消してあげるのが、私が当然やるべきことなのだと思う。

私ならできる。私ならこの子を、救ってあげられる。

朝学活中、いつもの窓際の席から見える景色は晴れやかで、私はもっと頑張って、彩名と仲良くしてあげたいと改めて決意した。

昼休み、ぼんやりとしている私の前に、彩名が勢いよくやってきた。

「ごめん里香、数学の宿題再提出、朝までにって言われてたの忘れてた！」

「早く出しに行った方が」

「そうする！　待ってて！」

「いってらっしゃー……」

最後まで言い終わる頃には彩名の姿はなくて、あんなに慌てている姿を見るのは初めてだったから、少し面白かった。体育の後に彩名が結び直してくれたタイが、彩名が走っていくときの風でふわりと揺れた気がする。

彩名が帰ってくるまで、今日の英語で出された宿題でもやることにしよう。ノートを開き、ワークの章末問題の問題文を書き写す。永林は答えだけを書いて提出するのを許さないタイプなのだと、転校して一ヶ月もするとわかってくる。

解き始めて早々にトイレに行きたくなってしまい、私は解きかけのノートを開いたままトイレに行くことにした。彩名は待っててと言っていたけれど、教室で私がおもらしをすることを望んでいるわけではない。トイレに行くといっても一瞬だし、見つかっても事情を話せばいい。女子トイレに入るときに人の気配がすると思っていたら、中にいたのは瑠奈ちゃんと桃子ちゃんだった。

「りかりんおっつー」

「何その呼び名やばいんだけど」

瑠奈ちゃんと桃子ちゃんに声をかけられて、だけど私は限界だった。

「ちょっと待ってトイレ！」

急いで返すと二人は蛇口の前で大笑いしていて、私もなんだか楽しい気分で和式便所の個室に入った。この学校には洋式もあるけれど、学校の便座は冷たいし、掃除を生徒に任せるせいで汚いから、学校でトイレに入るときは体が触れることのない和式を選んでいる。

束の間ほっとして、すぐにレバーを上履きで踏むと、レバーは手で押しましょうという美化委員が作ったポスターが貼られているのが目に入る。でもこの、足で踏みやすい高さにあって、どう見ても汚いレバーを触った手が、あの共用の石鹸で綺麗になる気がしない。

個室を出て水だけで手を入念に洗う。みんなの汚れを吸い取って緑色だったのが黒く変色している固形石鹸のネットを触る方が、よっぽど汚くなる気がして、石鹸を使うことができないからだ。

「そんなに洗う必要ある？」

振り返ると瑠奈ちゃんが笑っていた。はは、と愛想笑いを浮かべてハンカチで手を拭き前髪を整える。二人がこちらをじっと見ていたので体の向きを変え、

「なんか、変なとこあるかな」

と自信なさげに言ってみた。すると瑠奈ちゃんが私の体を上から下までじっくり眺め、そのうち一点に目をつけたらしい。

「タイださくね？」

瑠奈ちゃんに聞かれた桃子ちゃんは、私の顔も見ずに言った。

「言えてる。細すぎ」

私がお願いする前に、二人は勝手に私のタイを直し始めた。私はほとんどされるがままで身を任せていた。

——全校集会で体育館に行くときって服装検査も兼ねてて、髪型はもちろん、女子はセーラーのタイ、男子は学ランのカラーとか、そういうのを入口でチェックされるんだよ。

初めて話した日に彩名が言っていたことをふと思い出し、二人に聞いてみる。

「なんか全校集会のときって服装チェックも兼ねてるんじゃないの？」

「服装チェック？」

瑠奈ちゃんはタイをじっと見たまま、不機嫌そうな声を出す。

「木谷って体育教師がセーラーのタイとか見て、引っかかると職員室前雑巾掛け、みたいな」

「何それ、そんなのないよ」

「ないの？」

「あーだから不安そうだったんだ」

桃子ちゃんが納得したようにニヤニヤと笑う。

「あんま太くしたら怒られるんじゃないかって……」

「ピュアかよ」

瑠奈ちゃんが鼻で笑って、終わったよと鏡で確認するよう促す。見ると、いつもよりも幅の広いリボンになっており、確かにこっちの方がオシャレかもしれないと思った。

「ありがとう」

二人に向き直ると、桃子ちゃんが思い付いたように言った。

「さっきの、渡辺に言われた？」

「彩名？　そうだよ」

「やっぱり」

二人は目を合わせて意味ありげに微笑み、気をつけた方がいいよ、と続ける。

「知らないかもだけど、あいつ虚言癖あるから」

「そう。虚げっちゃうの」

「虚げるってなんだよ」

私はどう返したらいいのかわからなかったので、二人に合わせてヘラッと笑った。そろそろ教室に戻らないと。仕切り直しに再び鏡で前髪をチェックしていると、二人は二人だけの話を始めていた。

「てかあいつ、最近暗くね？」

「三上くん？」

「そー元カノ死んだからって露骨に態度出しててまじウケるんだけど」

「それ葵の前では絶対言うなよな」

「言うわけねーだろバカ」

聞いていないふりをしないといけない話なのだと思い、私は音を立てないように静かにトイレを出た。教室に戻ると彩名が帰ってきていたけれど、話しかけても無視されたので、とりあえず今日の昼休みは一人で過ごすことにした。黒板には出席番号三十六番の和村くんが日直だと書いてあるので、来週の月曜日は日直だ。

さっきまですごくご機嫌だったのに、急に無視する不安定さも全部、親友を失った悲しみのせいなのだろう。だとしたら私にできることは拒絶することではなく、それを受け止め、彩名が安心できる居場所になることなのだと思う。

「すいませんボール入りましたー」

後輩の試合形式の練習を眺め、退屈しながらも陸上部に声かけをしていた。決められたことは守らないといけないし、部長や桃子ちゃんに目をつけられるのも嫌だった。

「おつー」

スコア表を整理し終わった葉月が寄ってきて、お元気なんですかっ、といつもと違う口調で言う。

「何それ、モノマネ？」

「ネクストブレイク期待大の可能性があるかもしれない芸人のギャグ」

「ブレイクするのそれ」

「知らない。どっちでもいい」

「それはそう」

美映は審判役でアウト判定だけやっていて、葉月には話し相手がいなかったのだろう。用があるというわけではなさそうだ。

「最近どう」

「どうって？」

「彩名ちゃん元気？」

「そんなの本人に聞けば」

笑ってみたが、葉月は険しい表情を浮かべている。

「私はね、心配だよ里香のことが」

「心配……」

彩名の髪の毛を瑠奈ちゃんが掴むのを止めなかった一人である葉月が、私を心配している。

「だってあの子おかしいよ。普通じゃない」

「そんな風に言わなくたって」

「私は本当に、里香を心配して言ってるんだよ」

真っ直ぐな目で見つめられ、私は一昨日彩名が学校を休んだ日の昼休みを思い出す。

——桃子もどうせ合唱コンの実行委員にでも立候補するんだろうなー。学級委員だけじゃ物足りないんだろうね。目立ちたがりだから。

そう言った口で、どうして私を心配できるのだろう。私が前の学校で学級委員をやっていたのだと知ったら、葉月は私のことも目立ちたがりだと思うのだろうか。

「心配してくれるのは嬉しい。ありがとう」

「だったら……」

「でも私はもっと、ちゃんと彩名と向き合って、わかってあげたい。仲良くしてあげたい」

「里香」

葉月は呆れたように笑った。

「そういうの、ギゼンって言うんだよ」

「交代ー！」

部長の声がして、私は葉月の言葉を無視して立ち上がった。

「二年ポジションごとシャッフルであっちの一年と代わってー！」

美映、葉月、それから別の二人が呼ばれていく。

「一年のこっち側はそのまま！」

そのままと言われた一年生達が、げんなりとした顔でお互い見合わせる。私は立ち上がったのに入る必要がなくなって、また同じ場所に体育座りをした。一年生に部長がついて二人で審判台に立つことになり、私はいよいよ話し相手がいなくなった。

人工芝をゆっくりとはじく。砂がぴょんぴょんと明るく跳ねて、人差し指の腹に細かい砂がついた。それを払って、また同じところをゆっくりとはじく。

砂が飛ぶのを見ているとと私の悩みなんてちっぽけなように感じられて、少しだけ心が穏やかになる。

「ねえ」

肩を摑まれて振り向くと桃子ちゃんがいて、なんで話しかけられたのかわからなかった私は目をゆっくりと大きく開いた。

「うちらの悪口？」

「え？」

「さっき葉月と話してたの」

ようやく意図がわかり、私はかえって安心して返答することができた。

「違う違う、全然違うよ」

「そっ」

そっけなく言って桃子ちゃんは私の隣に座った。彼女の髪の毛からはチェリーの香りがしたので、桃じゃないんだなと少し思った。

「ならいいけど」

ボールが陸上部の方に飛んでいくたびに、すいませんボール入りましたの呪文を唱え、それが三回くらい続いたところで桃子ちゃんが唐突に言った。

「うちらのグループ入ればいいじゃん」

「え？」

どういうこと、と続けると、桃子ちゃんは説明するのが面倒くさいとでも言いたげにため息をついた。

「渡辺彩名がやばい子だって、そろそろわかったでしょ。あんな虚言癖と一緒にいると里香まで同類だと思われて中学生活棒に振るから、うちらのところ入れてあげてもいいよねって、昼休み瑠奈と話してたの」

「へえ」

気の抜けた言葉を返し、私は昼休みのことを思い出す。二人にタイを直してもらって、彩名が服装検査について嘘をついたという話をした。それだけだ。

「初日から里香は目を引いてたし話しててもキョドらないし、一緒にいてうざくないからいいかなって。三人組だと二人ずつに分かれるときとかだるいよねって元々話してて、でもクラスにうちらのところに入れてもいい奴なんていなかったから諦めてたんだよね」

「そうなんだ」

「うちらんとこ来た方が男子とも喋れるしサトセンも融通利かせてくれるし何かと便利だよ。わかるでしょ？」

「ありがとう……」

ついさっきも葉月に似たようなことを言われ、そこではっきりと断ってしまったので迷っていた。

――そういうの、ギゼンって言うんだよ。

葉月の言葉を思い出す。だけど私は決めたのだ。彩名を救い出すって、仲良くしてあげるって。

「ちょっと、考えさせてもらってもいいかな」

「何その返し、いい女かよ」

桃子ちゃんの飾らないツッコミに苦笑いしていると、彼女は部長がいる審判台の方へと行ってしまった。

人工芝をはじく。

彩名と仲良くするのをやめて、瑠奈ちゃんか葉月のグループに入れてもらった方がいいのだろうか。あの子には虚言癖があってやばいから、たったそれだけの理由で、私は見捨てた方がいいのだろうか。

転校してから彩名につかれた嘘を思い出す。私と同じリカって名前だと言われた。服装検査の嘘をつかれた。体育館で授業だと言われて行ったらピロティだったこともあった。勘違いだと思っていたけれど、あれも彩名の嘘なのだろうか。

はじく。ぱちん、と音がする。

彩名が嘘をつくようになってしまったのは、親友を事故で急に亡くしたトラウマのせいだと思っていた。だけどその前から、彩名はあのままだったのだろうか。そもそも私が彩名に聞いた事故の顚末《てんまつ》に、嘘は含まれていないのだろうか。

私は本当に、彩名を信じていいのだろうか。

はじくと、すぐに目に痛みが走った。飛んできた砂が、目の中に入ってしまったらしい。目を慎重に擦っているところで練習試合に切り替えると部長が言ったので、私は右目から涙をこぼしながら、みんなと一緒に部長のもとに向かった。

8

「なんで体操着?」

一時間目の体育の着替えに向かうとき、里香はすでに体操着を着ていた。

「朝練」

「あー」

そう言われて辺りを見回すと、女テニの三人が体操着姿だった。わたしがいないところで、里香は誰と何を話していたんだろう。

「朝練でもさー、いつもは制服じゃん」

「今日、終わるの遅くて」

「ふうん」

教室前の廊下は、季節問わずひんやりと冷たい。里香の横顔は、この床に熱を吸い取られてしまったような温度に見える。なんでだろう。

考えて、すぐに昨日真実のことを廊下で話したのを思い出した。もしかしてわたしが真実のことばかり言っていたから、里香はそれをよく思わなくて先に帰ってしまったのだろうか。

更衣室につき、鼻の息を止める。里香は制服と体操着袋をすぐに棚に入れ、退屈そうに待っている。わたしは急いでセーラーを脱いで体操着を取り出し、頭からかぶる。

「あのね里香」

わたしの視界は体操着の白で覆われていて、里香がどんな顔をしているのかはよく見えない。

「昨日はあんな風に言ったけど、わたしにとって今大事な友達は、里香だけだから」

「え？」

わたしは上が体操着、下はスカートのちぐはぐな格好になった。里香の顔を見ると、困ったように笑っている。

「どうしたの」

言いたいことが伝わらなかった。わたしはこんなに里香のことを大切にしているのに、どうしてわかってくれないいんだろう。

「だって昨日、わたしがあんなこと言ったから怒って先帰っちゃって」

「怒ってないよ」

「そう」

ズボンを穿きながら頷くと、里香はハッとしたような表情を浮かべる。それから、お面を切り替えたみたいに優しい表情に変わり、ごめんね、と穏やかに言ってくれた。

「怒ってない。本当に怒ってなくて、彩名が心配だっただけ。でもそういう風に見えたんだったら私の態度が悪かったんだと思う。ごめんね」

里香が自分の気持ちを伝えてくれたことがくすぐったくて嬉しくて、わたしは全然良いよと顔も見ずに言った。

体育のダンスは相変わらずわたしだけ下手くそで、先生がわたしだけ注意することばかりだった。将来ダンサーになるわけでもないのに、どうしてダンスが上手く踊れないからって注意されないといけないんだろう。もう一生、ダンスなんてやりたくない。

里香は手足が長く動きも繊細で、わたしはどうして里香になれないんだろう。里香の脳みそを全部わたしに移植して、体も心も一緒になれば、わたしは里香を独り占めできるのに。そうしたら朝練に行くとか部活に行くとか、そういう些細なことでイライラすることだってないし、もっと心穏やかに里香と接することができるはずなのに。

授業が終わり、更衣室で着替えていると、里香がセーラー服のタイを結ばずにわたしが着替え終わるのを待っていた。スカートを穿き、脱いだズボンをぐちゃぐちゃに体操着袋に仕舞ったわたしはそのことに気づいて、どうしたの、と聞いてみる。

「タイ、結ばないの？」

するると里香は照れたような笑みで、小さい声で言った。

「彩名に結んでもらおうかな」

「ええー？」

誰が結んだっておんなじだよーと言いながらも、わたしは内心喜びが止まらなかった。わたし達が仲良くなったきっかけであるこのタイを、里香も大事にしてくれていた。わたしだけのひとりよがりな気持ちじゃなくて、二人とも同じ気持ちだった。

「しょうがないなあ」

なるべく嬉しい顔を見られないように、わたしは里香のタイだけを見て結んであげる。最後にキュッとリボンを作り、丁寧に整えてあげると里香は喜び、自分でやるのと全然違うと言ってくれた。

「わたしがやると全然違う？」

「うん、全然。ありがとう」

里香の喜んだ顔はとろけるようにきれいで可愛くて、わたしは初めて会った日を思い出した。真実と似たきれいな黒目をした、素敵な転校生。情報でしか認識できなかった彼女は今、わたしの親友だ。わたし達はいつだって二人で行動するし、お揃いのペンも持ってるし、セーラー服のタイだって、全く同じ結び方。

帰りに一緒にトイレに言って、お揃いだねってタイを見比べた。里香は前髪がペタッとしてしまったらしく、ダンス頑張ったからだねと二人で笑った。社会も国語も寝てしまい、英語は当てられても答えられなかったけど、里香が一緒にいると思ったら何も怖くなかった。

「じゃあ Miss 川辺は月曜の昼休みに宿題出しに来ること」

永林がそう言って授業を締め、わたしは何かを忘れていることに気づいた。

――渡辺は明日一時間目の前までに宿題を再提出すること。

昨日誰かにそう言われた。数学だ。金森だ。ネチネチ早口でうるさい先生。急いで鞄の中を確認し、ワークの解答を羅列した数学ノートは無事見つかったが、今日わたしは給食当番だったので教室を離れられず、仕方なく昼休みに提出することにした。

食後、給食当番が終わってすぐにわたしは自分の席でノートを取って里香の席に向かった。

「ごめん里香、数学の宿題再提出、朝までにって言われてたの忘れてた！」

「早く出しに行った方が」

「そうする！　待ってて！」

いってらっしゃいと言う里香を置いて、わたしは教室を飛び出した。里香と過ごす昼休みの時間は、できるだけ長い方がいい。

中央階段を勢いよく駆け降り、職員室に急いだ。一階についてからは走っているのを見られて怒られると時間のロスになってしまうから、階段が終わってからは足が地面から離れないような、競歩的な歩き方で急いだ。馬鹿みたいだなと思うけれど、里香のためなら仕方ない。

「二年B組、斎藤葵です！」

そんな声が聞こえて、わたしは静かにため息をつく。あとの二人がいたら面倒だ。できるだけ息を潜め、葵さんの足音が遠くなるのを待ってから、入口のドアを開ける。

「二年B組、渡辺彩名です」

中から返事は聞こえず、わたしは座席表まで直線的に移動して金森先生の位置を確認する。人と喋るのを嫌っていそうなあの先生は、きっと声をかけたら露骨に嫌な顔をしてくる。あの太くて短い眉毛が不愉快そうに歪むのを近くで見ないといけないなんて、罰ゲームみたいだ。いくら宿題を持っていくのを忘れたのだとしても、そんな仕打ちってないと思う。

「失礼します」

ノートを取り出しながらクラスと名前を名乗ろうとすると、被せるように金森先生の声が聞こえる。

「昼は宿題の受付やってませーん」

「え……」

「あのねえ君ね中学生はわかんないかもしれないけれど大人の世界には労働基準法っていうのがあってね労働時間が六時間超八時間以下の場合は少なくとも四十五分は休憩を与えないといけないんだよねわかるかなわかんないよな子供だもんなというか周りの教員も昼働いてるのがおかしいんだよなだから俺は昼休みくらいちゃんと休めるように宿題の再提出だとかそういうどうでもいいことは朝にしろって言ってるんだよ朝だよ朝一時間目が始まる前だよお前にもそう言ったよな」

一息で言われ、わたしは圧倒されて何も答えることができなかった。先生の目も見られないでいると、先生はわたしのノートを引ったくるように取った。

「ちょっとノートよこせよどれどれあー思い出した二年B組のお前かあのさ最初に名前くらい名乗れよ何人担当してると思ってんだよみんな名前を覚えてもらえるなんて自惚《うぬぼ》れるのもいい加減にしろよふざけやがって俺だって本当は教師なんてなりたくなかったよ生徒の出来は悪いわ雑用は多いわ一秒でも早く辞めてやりたいよこんな公立中……」

「金森先生」

女の人の声がして、振り返るとサトセンだった。

「渡辺さんも悪気があるわけじゃないんですから」

いつもよりもふわふわと丸い笑顔のサトセンを、わたしは気持ち悪いと思った。視線を戻すと金森が唇を舐めて緩んだ顔を晒していて、もっと気持ち悪い。

「うちの生徒、よろしくお願いしますね」

サトセンはそう言って去ってしまった。わたしは自分のノートに金森の手のあぶらがついてしまわないか心配しながら、黙って反省したような表情を作る。

「えーっとまあ」

決まり悪そうに金森が言葉を発する。

「とにかくそういうわけで今日は受け取らないから来週月曜提出で。朝ね」

ノートを返されて、表紙を見ると金森の手汗で厚紙が曲がっていた。泣きそうになりながらごめんなさいと謝り、わたしは職員室を後にした。出てすぐにサトセンがいて、金森先生も悪気があるわけじゃなくて、ちょっと人とコミュニケーションを取るのが苦手なだけだから、先生の成長のためにも渡辺さんは許してあげてねと言われた。わたしは言葉も仕草も返さず、黙って階段に急いだ。

今すぐ、里香に話を聞いてもらいたい。あいつの手汗で曲がった厚紙を、金森の気持ち悪い喋り方を、一緒に馬鹿にして笑い話にしてほしい。階段を一つ飛ばしで上がる。色々な生徒とすれ違い、三階にたどり着くとトイレからうるさい女子の笑い声が聞こえた。

「気をつけた方がいいよ。知らないかもだけど、あいつ虚言癖あるから」

「そう。虚げっちゃうの」

「虚げるってなんだよ」

ギャハハという笑い声で、瑠奈さんだとわかった。あの声を聞くだけで、わたしは左手がムズムズとかゆくなる。

教室に戻ると、ようやく息ができる気がした。プールの息継ぎみたいに空気を吸い込んで、里香の席を見ると誰も座っていなかった。待っててほしいと言ったのに。待っててくれると思っていたのに。

あいつの体液がついてしまった気持ちの悪いノートを自分の席に仕舞い、わたしは里香の帰りを待つことにした。また図書室にでも行ったのかな。トイレかな。いつもなら探しに行くところだけど、今はもうヘトヘトに疲れてしまって、探しに出かける元気もなかった。

よくわからない言葉をぶつけられ続けても平気なほど、わたしにはサンドバッグとしての才能はない。言葉の角が当たったところがヒリヒリと痛んで、左手を傷つけるくらいしか、この痛みを紛らわす方法はない気がした。

——先生の成長のためにも渡辺さんは許してあげてね。

先生は生徒には厳しいのに、先生には甘い。金森の言葉にもショックを受けたけれど、サトセンの登場によって、わたしは余計に傷ついたと思う。

里香はまだ来ない。

どうしてわかってくれないんだろう。わたしはこんなに辛かったのに。待っててねって約束したのに。

左手の、薄くなってきた茶色い傷に、もう一度右手人差し指の爪を立てた。わたしは里香のことが好きだと思うのと同じくらいの大きさで、里香が嫌いな気持ちも心の中に飼っている。真実にもこんな風に思うことがよくあった。だからあのとき、わたしは真実を。

ドアが開いて、里香が入ってきたのが気配でわかった。やっとだ。ようやく話を聞いてくれる。そう思って顔を上げて、目に入ってきた情報を脳みそが処理するのに時間がかかった。

里香、どうしたの。

わたしは机の木目に視線を落とし、左手の傷をなぞるようにそれを引っ掻く。手の甲と違って木は硬いから、爪くらいじゃ傷がつかない。決定的な傷をつけたい。わたしを忘れてしまわないように。みんなきっと、いつかはわたしを置いてどこかに行ってしまうから。わたしの知らない誰かと幸せな笑顔を浮かべて、わたしなんて最初からいなかったかのように記憶を改竄《かいざん》して、わたしを頭の中から消去することで、幸せになろうとするから。

「お待たせー」

里香が机までやってきて、阿部くんの席に座った。わたしはようやく里香を直視することができて、だからこそ目の前の光景が信じられなかった。

ねえ里香、どうしたの。その、下品な結び目。

彩名に結んでもらおうかな。そう言って体育の後、更衣室でわたしの着替えを待ってくれた。わたしがやると全然違うって、喜んでくれて、きれいな笑顔を浮かべてくれた。帰りにトイレに寄って、お揃いだねってタイを見比べた。わたし達が親友である証が、どうしてそんなことになっているの。

わたしがやってあげた結び目は、ふっくらと大きくてリボンは真っ直ぐで細い。赤いタイはこの結び方が一番だって、入学してすぐに教えてあげた結び方。それを里香にも教えてあげて、里香も気に入ってくれていると思っていた。それはわたしの勘違いだったということだろうか。

今の里香のタイは、わたしがやってあげたのとは全然違って、結び目がキュッと小さくて、逆にリボンは本来なら折っておくべき部分まで広げて膨らましている。瑠奈さんそっくりな下品な結び目とリボンの膨らみ。

いつまで経っても口を開かないわたしを見て、里香がごめんね、と謝った。

「どうしても我慢できなくてトイレ行ったら瑠奈ちゃん達に捕まっちゃってさ、遅くなってごめんね」

さっき聞こえてきた会話は、瑠奈さん達のものだった。

――気をつけた方がいいよ。知らないかもだけど、あいつ虚言癖あるから。

――そう。虚げっちゃうの。

――虚げるってなんだよ。

あの場に、里香もいたのだ。そしてあの人達に、下品なタイの結び方にしてもらったのだ。嫌がる里香が勝手にやられたのだという光景がありありと浮かぶ。でも里香は教室に帰ってきてからもタイを自分で直したりわたしに直してもらおうとしたりしない。

恥ずかしくないのだろうか。そんな下品な結び方をクラスメイトに晒して。瑠奈さん達が下品なのはクラス全員の共通認識だからいいけれど、上品で勉強もできてきれいな里香が、どうしてそんなことをする必要があるんだろう。

わたしだけじゃだめなの。どこがだめだって言うの。親友のわたしよりもあの人達を優先させるの。親友以外にタイを結ばせるなんて、はしたないと思わなかったの。思わなかったんだろうな。だから今も、平気でわたしの前に座ってられるのだ。

「彩名？」

そんな風に裏切っておいて、どうしてわたしの名前を呼べるの。はしたないよ。みっともない。そういうの、インランって言うんだよ、お母さんが言ってたもん。彩名はあんな風にならないでねって、お母さんが、涙をぽろぽろこぼしながら。

「またね」

声がして、わたしは予鈴が鳴っているのに気づいた。里香は結び目を変えないまま席に戻り、里香が座っていた椅子には阿部くんが座る。まだ里香のあたたかさが残っているんじゃないだろうか。阿部くんが里香のことを好きになってしまったらどうするんだろう。わたしのことを捨てて、阿部くんと二人でどこかに行ってしまうのかな。でも里香は三上聡太が好きだから、阿部くんが何か言ってきても断るのかな。

どうしてわたしではだめなんだろう。里香だっていつか誰か、男とつがいになって孕《はら》まされて子供を産むのだ。そのためだったらなんでもするのだ。たとえその結び目が自分の親友との思い出だったとしても、そんなのどうでもいいって里香は思うんだ。

いや、違う。里香は犯されたのだ。

もしもトイレで瑠奈さんが里香にやったことが合意の上だったのだとしても、自分の結び目を変えられるのはどういうことなのか、リボンの形は何を意味しているのか、里香は本当にわかっていたのだろうか。

わかっているはずがない。だって里香は転校して一ヶ月も経っていなくて、前の学校はブレザーだったと言っていた。ブレザーのリボンは形が全員決まっているから、誰かにそれを変えられることなんてありえない。だからわからないのだ。自分が何をされたのか。

そう思うと里香が哀れになってくる。理科の羽鳥が汚い白衣で教室に入ってきて、日直の和村くんが慌てて黒板を消している。チョークで書かれた白い文字は黒板消しでこすると消えたみたいに見える。だけど文字の層の一番奥、傷みたいについたところは残ったままで、永林の筆圧が強い英語が後ろに透けている。Congratulations! と書かれた部分が特に濃くて、だけどみんなそれを消えたことにして授業を進める。

里香がされたことも、これからずっと消えることはない。だったらわたしが親友としてできることはなんだろう。筆箱のライラックピンクのペンで赤の部分をノックし、ペン先を手の甲に当てる。

「じゃあここの音読は……」

刺さった痛みが走り、だけどペン先を抜かずにゆっくりと手前に引く。爪でやるよりもペンの方が硬いから効率がいい。

「渡辺」

名前を呼ばれてわたしは慌てて教科書を開く。

「脊椎動物は魚類、両生類、爬虫類《はちゆう》、鳥類、哺乳類に分類されます。これらは呼吸、体温、増え方が違います……」

なんとか音読を終えて教科書を眺める。先生は人間が哺乳類だというようなことを黒板に書いていて、みんなもそれをノートに写す。

みんながずっと魚だったら、セーラー服を着る必要もなかった。どうして動物は進化なんてしてしまったんだろう。里香もこれからどんどん進化する。周りの人の影響や男のせいで、知らないうちに変わっていく。今日のタイの結び目だって、里香なりの進化だと本人は思っているのかもしれない。

だけどわたしは止めないといけない。里香がこれ以上汚れてしまわず、わたしだけの親友であり続けてくれるように。

だからわたしは里香がこれ以上、他の人と関わって変わってしまうのを防がないといけない。里香にはわたしがいればいいいと、わかってもらうため。

どんな脊椎動物も、交尾をしなければ増えることはない。それはつまり変わることがないということで、だから里香をオスから遠ざければいい。オスから遠ざけるためには、オスの近くにいるメスだって排除する必要がある。このクラスで言うとあの、うるさい三人組。タイのリボンを下品に広げた奴らから、里香を遠ざけないといけない。他の女子だって油断ならない。

今は大人しくしているメスも、いつかはあの三人組みたいになるのかもしれない。

クラス全員から、里香を遠ざける。

そう決意しながらわたしは黒板を写す。増え方、と書いたところにピンク色で「オスと関わらなければ増えることはない」とわたしなりの補足を追加しておいた。

里香も最初は戸惑うかもしれないけれど、いつかわたしのことをわかってくれるだろう。わたし達は、親友なのだから。

第四章

9

朝の人工芝は雨が降ったわけでもないのにしっとりと湿っていて、ランニングをしていても足に優しい感じがする。壁の時計を見るともう八時を過ぎていて、部長が終わりと言うのを待ちながら、ダラダラと走った。

「里香もう抜けていいよー」

部長の声がしたのでありがと、と返して私は列を抜ける。一年生達は顔を見合わせてこそこそと話している。部長が集中、と掛け声を出したことで彼女達は黙り、私は一人で更衣室に向かう。

ベリーと塩素が混じった更衣室の匂いも、夏が遠くなるにつれて薄れてきた気がする。それとも、私の鼻が慣れてしまったのだろうか。

今日はこの学校に転入してから初めての日直だったので、朝練を早めに抜けさせてもらった。朝練が始まるときに部長に話したら、本来は朝練前に日誌を取りに行って席に置き、それから普通に練習をしないといけないらしかった。だけど今日はもう間に合わないので、特別に抜けさせてもらえることになった。

着替えが終わり、バッグと体操着袋を持って更衣室を出るとちょうど、瑠奈ちゃん達が登校してきたところだった。

「おはよー」

「おはよう」

それだけ交わし、私は職員室に急いだ。先週末、桃子ちゃんから瑠奈ちゃん達のグループに誘われたのに、返事をまだしていなかった。急《せ》かすつもりはなさそうだけど、早めに断らないといけない。

「二年B組、小林里香です」

職員室のドアを開き、先生達の背中に向かって挨拶をした。日誌は職員室に入ってすぐの棚に学年ごとにボックスが並べてある。もうほとんどのクラスは取り終わったみたいで、二年生と書かれたボックスにはB組の日誌しか入っていなかった。職員室を出て廊下を歩きながらパラパラとページをめくり、前の学校と大差ないことを確認する。教室に入ったらまず黒板の日付を確認し、クリーナーを昨日の掃除当番が綺麗にしてくれたか確認しないといけない。そして学活の間に時間割を書いて……。

考え事をしていると無意識に教室にたどり着き、私もここの学校に慣れてきたのだと実感する。クラスにはまだあまり人がいない。黒板を見てから鞄を置くか、鞄を置いてから黒板を見るか、そんなことを考えて自分の席に目をやると、先週までと明らかに違う点があった。

机の上に、花瓶が置いてある。

挿されているのは一輪の菊で、転入した頃とは違うものだと思うけれど、白くて丸いものだった。先生の机の後ろの棚にあったものだと思い出して前を見ると、棚の中の花瓶と菊がなくなっていた。あそこにあった菊が、私の机の上にある。

日誌を机の上に置いてから、鞄と体操着袋を机の横にかけた。置かれている花瓶を、まじまじと見つめる。嫌がらせだろうか。だとしても誰が？　何のために？

前の学校でクラス中から無視されるようになった日も、こんなふうに唐突な始まりだった。だめだ、悪い方向にばかり考えてしまう。私は今回、誰の恨みも買っていない。瑠奈ちゃんだって普通に挨拶してくれた。部活は早抜けしたけれど、それが原因だとしたらその犯人も早抜けしないといけない。

ただの偶然だ。

早めに登校してきている何人かの男子は、私の様子に気づいていない。何も気にしていないように振る舞えばいい。もし彼らのいたずらだったとしても、私に効かないとわかればやめてくれるだろう。

私は花瓶を持って教室の前に行き、先生の机の後ろにあるスチール製の棚を静かに開けて、花瓶をその中にゆっくりと戻した。正しい場所が思い出せずに悩んだが、適当なところで扉を閉める。

それから黒板の日付を変え、日直のところに小林と書き、黒板消しクリーナーで念のため黒板消しのチョークを吸い、さっき見たことはなかったものとして、記憶から消すように、消えるように願った。忙しくしていれば余計なことを考えないから、日直日誌を開いて日付と名前はもちろん、今日の時間割までさっさと書き込んで、授業内容も予測して書いておいた。

あれは偶然だ。私はうまくやっている。誰にも嫌われるようなことをしていない。大丈夫。私は大丈夫。

頭の中で自分を落ち着けるために唱える言葉はどんどん膨らんで、それは私が不安に思っていることの裏返しだった。ある程度は仕方がない。だっていつもと机の様子が違ったのだから。誰だって、いつも通りを崩されたら動揺する。大丈夫、大丈夫……。

クラスには人が増えてきて、彩名が登校してきたのが視界に入った。彩名に聞いてもらいたい。聞いてもらって、大したことないと笑ってほしい。

そう思って話しかけてみたのに、彩名は表情を硬くして、おはよう、と言っただけだった。何かあったのと聞こうとしたところで佐藤先生が入ってきたので、私は諦めて席に戻ることにした。

一時間目の社会の後も黒板を消した帰りに彩名に話しかけたけれど無視され、理科で羽鳥先生の汚い字で黒板が埋まっていくのを鬱陶しく眺めていた。体育の前に消した方がいいのだとは思いながらも、着替えにかかる時間を思うと体育の後にした方がいい気がする。なにせ四時間目の国語は佐藤先生だ。体育の後だということがわかれば、そこまで怒ることはないだろう。

「というわけでまあ今日はこれくらいにして授業終わります」

先生がそう言ったので、私は日直としての仕事を思い出す。

「起立、気をつけ、礼」

顔をあげると先生はもう教室を出ていった後だった。礼している間に姿を消したのでマジックみたいだと思いつつ、礼儀を指導するべき先生がそんな態度でいいんだろうかと疑問に思う。まだ授業終わりのチャイムが鳴る前だった。思ったよりも早く終わったので、私は黒板を消してから体育の授業に行くことにした。体操着袋を手に取り、だけど消すときにかえって邪魔になりそうで、机の上に置いて教室の前に急いだ。

「黒板消すから待ってて」

彩名にそう声をかけて、汚くなった黒板消しをクリーナーで綺麗にし、黒板いっぱいに書かれた汚くて大きい文字を消していく。社会の後は一番上の方はジャンプしないと消えなかったけれど理科はそんなことなくて、羽鳥先生は思ったよりも背が低いのだと気づいた。女子にしては大きいと言われる百六十センチメートルの私よりはありそうだけれど、日直が女子だから低い位置に書いてあげようなんて気遣いをできるタイプの先生じゃなさそうだし。

チャイムが鳴った。本来はこの時間に授業が終わるのだから、まだ全然余裕がある。

黒板を大体消し終わり、また二つある黒板消しにクリーナーをかける。掃除機みたいな音と一緒に白い粉が舞って、最低限綺麗になっていたらいいことにしようと思った。

やることが終わって振り返ると、クラスメイトはもう誰もいない。待っててと伝えてあった彩名すらおらず、仕方なく席に戻ると机に置いたはずの体操着袋がなくなっていた。

もしかしたら彩名が私の分の体操着袋も持っていってくれたのかもしれない。私は教室で待っててと伝えたつもりだったけれど、彩名はきっと更衣室で私のことを待つことにしたのだ。だったら早く行かないと。手ぶらで教室を出て中央階段に向かう。一段ずつ降りるのがもどかしくて、体から力を抜いて重力を使って下を目指す。近くに時計があるわけじゃないのに、カチカチと秒針の音が頭の中で響いた。

更衣室に入るともうほとんどの子は着替えが終わっていて、私はいつも使う右端の角のブロックに急いだ。彩名が使っている紫色の体操着袋は見つかったのに、私のものはなかった。着替えている子に不審がられないようにさりげなく他の場所も探したけれど紺色の私の体操着袋はどこにもなく、そうこうしているうちに更衣室にも誰もいなくなった。

どうしたらいいんだろう。私は学校で忘れ物、というか落とし物をしたことがなかった。授業に必要なものを持っていかなかったことが転校当初以外は一度もなかったので、先生になんと伝えればいいのかわからなかった。壁時計を見ると十時四十三分で、あと二分で授業が始まってしまう。とにかく先生のところに行かないと。そう思ってセーラー服のまま体育館の更衣室を飛び出し、体育で集まる男子に変な目で見られながらピロティに急いだ。

授業に来たのは私が最後で、合同授業のA組の子達からは特に白い目で見られた。

「えーっと、小林さんどうしたの？」

体操着と違って制服には名前が書いていないので、先生は私の名前を思い出すのに少し時間がかかった。今日はダンスの発表の日だったので、いつものダンスの先生のほかに、体育の木谷先生もいる。はい、と返事して整列している他の子達の前を通り過ぎ、さっき起きたことを正直に伝える。

「……小林なぁ」

木谷先生の表情が険しくなり、私は体をこわばらせる。私はこうやって、先生に怒られたことが一度もない。

「くだらない嘘つくなよ。忘れ物したならそう正直に言えよ」

「すいません」

怯えながら伝えた謝罪はチャイムにかき消されて、聞こえないぞと怒鳴られる。

「とにかく今日は見学するしかないからそうするけど、今日は発表っていうのは変えられないから。体調不良でもなんでもないし成績は少なくとも一段階下がると思ってね、はいじゃあ授業始めます」

一段階成績が下がったら、高校受験に響いてしまう。だけど私が体操着を持っていないことは事実なので、文句を言うことはできない。

先生はどこにいたらいいのかも教えてくれなかったので、私はできるだけ邪魔にならないようにに先生から遠い隅っこに体育座りをすることにした。ピロティの隅には埃が溜まっていて、スカートが汚れてしまいそうだった。

彩名は普通に並んでいるけれど私の方を見もしない。待っててと言ったのに、どうして何も言わずに行ってしまったのか、よくわからなかった。

「小林さんそこ邪魔だから先生の後ろ」

「はい」

生徒にも先生にも白い目で見られることに慣れないまま、体育の授業を空気のように過ごした。

放課後、日誌を先生に提出してから部活に行こうとして、体操着袋がないことを改めて思い出した。

「大丈夫？」

声をかけてくれたのは葉月で、大丈夫と薄く笑ってみせる。

「朝はあったから、どこかに忘れちゃったのかも。探してくるから先生に伝えておいてもらえるかな」

「それはいいけど……」

葉月が不安そうに眉を下げる。私はできるだけ心配をかけないよう、必要以上に明るく振舞った。

「ほんと大丈夫だから、ありがと！」

教室を飛び出し、朝練から帰るルートを探そうと思った。体育の授業の前に更衣室を見たときにはなかったから、体育館から中央階段までに落としたのだろうか。中央階段を手ぶらでゆっくりと降りる。トントントントン、と規則的な音を立てて、視界がどんどん低くなっていく。

体操着袋をどこかに忘れてきたはずなんてないことに、本当は気づいていた。二時間目と三時間目の間に黒板を消すときに、私は机の上に体操着袋を置いておいたはずだから。靴屋さんでローファーを買ったときにもらった紺色の、丈夫な不織布のショッパー。マスクよりも粗い織り目の感覚を、まだ覚えている。

葉月に心配をかけたくなくて、嘘をついた。一階まで降りてしまい、職員室で先生に相談してしまいそうになる。

――小林なあ、くだらない嘘つくなよ。忘れ物したならそう正直に言えよ。

体育でかけられた言葉が頭の中で反響する。広いピロティで木谷先生の太い声はよく響くから、エコーがかかったみたいに記憶に残る。

顧問に相談しても、ただの忘れ物だと思われて信じてもらえないかもしれない。とにかく今はどこかに隠されているという前提で探して、体操着を見つけるしかない。

もしも嫌がらせのつもりだったら、どこに隠すだろう。三階の掃除用ロッカーを調べておくべきだったと思いながら一階のロッカーを探し、職員室前に置かれた忘れ物ボックスも見た。入れそうな倉庫は調べ、給食室も覗いたりした。

後ろに人の気配を感じて振り返ると、水色の大きなゴミ箱を持った一年生の女の子がいた。こんにちは、と小さな声で挨拶してから私の後ろをとことこと歩き、給食室の隣にあるゴミ捨て場のドアを開けた。

ギイ、と重いドアが閉まる音がして、外でガサガサとゴミ箱をひっくり返す音が聞こえる。すぐに一年生が空のゴミ箱を持って戻ってきて、ずっと同じ場所に留まっている私を不審そうに見てから中央階段の方に戻っていった。

ゴミ捨て場に置かれているわけない。

そう思いながらも、足は勝手にゴミ捨て場の方に進んでいく。当たり前の生活が脅かされている。どうして私が、またこんな目に遭わないといけないんだろう。

重いドアを両手で引っ張るように開けた。コンクリートの地面にゴミ袋がいくつか置いてある。もう使われていないであろう焼却炉の右側に灰色の屋根がかかっていて、全体的に薄暗い雰囲気を醸し出している。屋根に書かれた分類を見ると、左側が燃えるゴミ、右側が燃えないゴミ、奥が資源ゴミという配置だった。あるわけないと思いながらも、燃えるゴミを遠目に見てみることにした。左上から右下まで、全体をレーダー探知機みたいに睨んでいく。

ピピ、と何かを探知する音が、頭の中で聞こえた。ゴミ捨て場の真ん中あたり、紺色の袋が目に入った。体操着らしき白と青が、袋から出されているように見える。

ゴミ捨て場に近寄ると、コンクリートに染み付いた腐った生ゴミのようなにおいが鼻を刺す。トイレに入るときみたいに口呼吸に切り替えて、ゴミ袋をどかして体操着を救出した。

取り出した体操着はゴミから出たらしき茶色の液体で汚れていて、においは嗅がなかったけれど、きっと臭いはずだ。こんなのを着て部活をするわけにはいかない。

冷静に体操着を袋に詰めて、職員室で顧問に状況を説明した。先生は半信半疑という表情で私と体操着を見比べて、腕組みをして唸ってから言った。

「まあ仕方ないから今日は休みでいいけど、体操着から目を離さないのも自己管理の一環なんだから今後は気をつけなさい」

「すみません、わかりました。ありがとうございます」

俯いて礼をする。職員室を出ようとすると佐藤先生に声をかけられた。顧問との話を聞いていたらしい。

「小林さん、大丈夫？」

誰が見ても八の字になったとわかるように下がった先生の眉毛を見て、心配しているアピールの過剰さに私は自然と笑顔になった。

「大丈夫です。ありがとうございます」

困ったことがあったら、と話を続けようとする先生を無視して、職員室を後にした。

「これ、洗わなきゃ」

何由来のものかわからない液体で汚れた体操着の白が、袋の中で沈むように光る。中央階段を少しずつ上がっていくと、その袋がだんだんと重く感じられた。

「里香、見つかった？」

教室に帰ると葉月がまだ残っていた。隣にはフルートを持って譜面台に楽譜を置く光樹がいる。

「先行ってて良かったのに」

そう返し、見つかった体操着を持って教室の後ろに移動する。

「え？」

思わず後ろを振り返り、教室の前にあったはずの菊の花を確認する。朝来たときと同じように、棚の真ん中は空っぽだった。

なんでまた、机の上に花瓶が置いてあるんだろう。一番後ろだから、葉月達は気づかなかったのだろうか。いや、もしかして葉月達が？

「ねえ里香」

気づくと、葉月と光樹が近くに来ていた。

「大丈夫？」

「大丈夫、だよ」

「でも体操着、汚れて……」

「大丈夫だから」

光樹の声を遮って、さらに近づいてこようとする二人を右手で牽制する。

「先生が部活は休んでいいって言ってくれて。だから葉月、行って大丈夫だよ」

「本当に？」

葉月は不安そうに、自分の席に戻っていく。それを光樹が追いかける形で、二人は教室の反対側に移動した。

鞄に荷物をまとめて教室を出ようとしたところで、二人がこそこそ話しているのが聞こえた。

「真実ちゃんのときと似てない？」

「あのときもこんな風に、急に始まって……」

「そうそう、それで瑠奈ちゃんが」

「ね、やばいよね」

二人にバイバイとも言わずに無言で教室を出た。体操着袋からは液体が垂れてきたりはしないものの、普段自分の持ち物からはしない、トイレみたいなにおいがうっすらと漂う。廊下を一人で歩き、どうしてこんなことになったのだろうと一人考える。

葉月と光樹の会話によると、私も真実ちゃんという死んでしまった生徒と同じ道を辿っているらしい。二人も、瑠奈ちゃんがいじめたというようなことを言っていた。

階段を一段ずつ降りていく。私はどんどん後ろの人に抜かされて、だけど走る気にはならない。

瑠奈ちゃんがその子をいじめたように、私のこともいじめ始めた？

いや、体操着のことはさておき、瑠奈ちゃんは今日、朝練のあとに会ったのだから菊の花を朝学校が始まる前に私の机に設置することはできない。それに彩名の話したことを信じるなら、彩名が瑠奈ちゃんに呼び出された日、瑠奈ちゃんが彩名に言ったこと。

——言っとくけどさ、そもそもお前が悪いよね。お前がいなければあんなことにはならなかったよね？

——お前が悪いから、全部。

あれはどういうことなんだろう。瑠奈ちゃんがいじめて、でもそもそもは彩名が悪い。そもそも、という言い方も気になった。

いじめの原因が、彩名だったのだとしたら。彩名がいじめのきっかけを作り、瑠奈ちゃんがそれに乗っかっていじめて、そのせいで真実ちゃんは死んでしまったのなら。

そう考えると瑠奈ちゃんの言動も、急に始まって、という葉月達の言葉とも辻褄《つじつま》が合う。

階段が最後の一段になっていた。踏み外さないように慎重に降り、左に曲がって玄関に向かった。

下駄箱で靴を履き替えながら、彩名のことを考えていた。おかしくなったのは確か、先週の金曜日からだ。昼休み、待っててねと言われたのに尿意に勝てず、トイレに一人で行ったことを怒っているのだろうか。だとしたら長い気がした。

いや、今日はまた違った理由なのかもしれない。

考えても考えても、彩名のことは全然わからなかった。

だけど今もまだ、彩名がクラスに居場所がないことは事実で、だったら私にできることは、可能な限り彩名に寄り添うことだ。彩名と仲良くしてあげなきゃいけないという思いは、何度も繰り返して自分に言い聞かせたところで簡単に揺らいでしまう。誰かと誰かを繋ぐことができない今、私にできるのは直接仲良くしてあげることだけなのに。

上履きを履いたままで、下駄箱を眺めていた。渡辺、と書かれた上履きがあるのを見つけて、彩名はもう帰ってしまったのだとわかった。

まだ、間に合うだろうか。

彩名に必要なのはきっと、そのままを肯定してあげることだ。友達だよとか親友だよとか、そういう普通は省略してしまうことをきちんと言葉にしないといけない。

ローファーを地面に落とすように置き、空いたマスに上履きを突っ込む。もう間に合わないかもしれない。だけど私は彩名に伝えないといけない。話さないといけない。

ドアを勢いよく開け、学校を飛び出した。彩名と別れる角まで、一気に走る。今日の部活の分だと思うと、重い荷物も気にならない。ローファーが固くて思うように走れないけれど、みっともないフォームで、鞄に揺られるようにして走る。

いつもの角の少し先に、彩名の後ろ姿が見えた。大声を出して名前を呼ぶと、彩名はゆっくり振り返る。息を切らして、ボロボロになって、それでも私は叫ぶように言った。

「彩名のこと、信じてるから」

あまりに疲れてしまって俯いていると、彩名は返事をしないまま走って、私から遠ざかって行ってしまった。

走っている間は気にならなかった体操着袋の悪臭が、自分の汗のにおいと一緒に、私の周りを漂っている。

10

家に帰る頃には息が切れて、マンションのエレベーターの鏡に映ったわたしは、肩だけで息をしているように見える。

ここのところずっと、わたしは里香から逃げている。今日は部活だったから追いかけられることはなかったけれど、もし後ろにいたらと考えると、どうしても走って帰ることになる。エレベーターで上に登ると、内臓の居心地は悪くなって、耳が少し聞こえづらくなる。いつもはそんなに気にならないはずのこの感覚も、ここ数日はひどく気になってしまう。

原因はわかっている。

月曜日から始めたこの計画も、気づけばもう三日目だ。先週の金曜日、里香のタイが下品な形に変えられた。その姿を恥ずかしげもなくクラス中に晒し、わたしのリボンを蔑《ないがし》ろにする里香に、我慢ならなくなった。里香をオスから遠ざけるためには、クラス全員が里香を避けるようにしないといけない。そう思って、心を鬼にして、わたしは一人で頑張ってきた。

毎朝、クラスで一番早く学校に行って花瓶を里香の机の上に移動させ、予鈴が鳴るまではトイレの個室で時間を潰す。他にも、里香がいない時間を見計らって体操着をゴミ捨て場に混ぜたり、ペンを一本盗んだり、本人が自分はいじめられていると思うような演出を、わたしは里香に重ねてきた。里香に話しかけられても無視を貫き、まるで瑠奈さん達の命令で、クラス全員が里香を無視しているように思わせるのだ。

例えば今日一時間目の音楽。ソプラノとアルトがペアを組んで歌ってみましょうという練習になったとき、わたしは里香を選ばなかった。里香はわたしと組むつもりだったのかペアを見つけるのに苦戦して、先生に申し出ていた。結局吹部の人が手を挙げていたけれど、里香はわたしの態度を不審に思っただろう。ソプラノはアルトに比べて少ないから、わたしが相手に困ることはなかった。

本人に問題がなくたって、いじめが発生することはある。

いじめられる子にはほとんど原因なんかなくて、そのときいじめられている子がよりいじめられているだけなのだ。みんな相手なんか誰でもよくて、ただ日々のストレスをぶつけて殴るためのサンドバッグを探しているだけだ。

先生にはわからない、さりげないやり方で、わたしは里香を追い詰める。大人達は、わたし達の表層しか見ていない。制服よりも薄くてペラペラの、わたし達の一番外側のラップみたいな部分。だからあいつらはわかっているふりをするけれど、本音のところではわからない。なぜいじめで生徒が死ぬのか。なぜ先生に相談しないのか。

いじめを相談することはつまり、自分がクラスのサンドバッグであることを告白することなのだ。殴られたら殴り返せばいいのにそれをせず、何もせずに黙って時間が過ぎることを待っている、ただの殴られるための道具。先生達の対応は決まっていて、みんなの前でサンドバッグを晒すか、生徒に事情を聞くかの二択。先生に告白するだけでも恥ずかしいのに、どうしてさらに辱められないといけないのか。自分が学生だった頃を思い出せばわかるはずなのに、なぜか先生にはわからない。

里香はきっとプライドが高いから、いじめがあったとしても先生に相談したりしない。だからわたしは里香への嫌がらせを続けた。クラスで完全に孤立したところでわたしが改めて話しかければ、たった一人の味方が現れたと思って里香はきっとわたしに依存する。

そう、思っていたのに。

——彩名のこと、信じてるから。

里香がそう言ったのは一度ではなかった。何度も何度も、わたしとすれ違うたび、帰り道でわたしに追いつくたび、朝、鞄を持ったままトイレに入っているところに出くわすたび、里香はその言葉を繰り返した。

——全部、あんたのせいだから。

これまで繰り返しかけられてきた言葉と、里香が発する言葉は正反対だ。里香はどうして、そんなことを言うんだろう。

玄関のドアを開けると、お母さんが眠っている気配がするので、わたしはできるだけ静かにドアを閉めた。

里香はお昼休み、わたしが話さないとわかると他のクラスメイトに話しかけるようになっていた。ある日はうるさい三人組、ある日は地味な二人組、また別の日はもっと地味な四人組……。クラスでいじめられているかもしれないという恐れが、どうして浮かばないんだろう。クラスメイトに話しかけるとき、どうしてあんなに堂々としていられるんだろう。

あのときとは、何もかもが違う。

勉強机の横に鞄をかけ、中から里香にもあげた四色ペンを取り出す。お揃いだねって言ったあの日が、物凄く遠くに感じられた。

＊

「これ、四色選ぶならどの色がいい？」

こちらを振り向いたとき、真実の細い髪の毛がふわっと揺れた。夏休み、部活がない日に待ち合わせをして学校の近くにある文房具屋さんに行って、ノートを探しているときだった。

真実が指さしたのは好きな色の組み合わせで作れるボールペンで、わたしはそれぞれ好きな色を選んでみようと提案して、お互いが選んでいる間は他の場所で時間を潰した。

「せーの」

そう言って見せ合った四本は全く同じ色で、赤とピンク、紫と紺だった。真実の好きな色は美術で選ぶ色や持ち物の色からわかっていて、わたしの好きな色も真実と同じになっていた。

「すご、運命じゃない？」

「やっぱわたし達、最強じゃん」

「ねえこれ、買っちゃおう？」

「買っちゃう？」

「わたし達が仲良くなった記念、ってことで」

ペンを持ってはしゃいだわたし達は、確かにそのとき、この世界で最強だった。バドミントン部でもペアで、同じクラス。わたし達は誰が見たって親友で、それを疑う人なんて周りに一人もいなかった。

なのに真実はわたしに黙って、彼氏を作っていた。

二人でペンを買った一週間後、夏休みの登校日があった。エアコンの効きが悪いこの教室みたいな、生ぬるい空気で午前授業が終わり、あっという間に学活の時間になり、サトセンが連絡事項を伝えている。

「中学二年生の夏休みは、一生に一度しかありません。みんなが良い夏休みだったと思えるように、先生との約束を守ってください。それじゃあ日直さん、号令……」

「起立――」

待ち切れないというように日直が号令をかけ、十二時ごろに学活は終わった。

わたし達はこのあと家でお昼を食べてから再登校で部活だったから、何時ごろ来るか確かめたくて真実に話しかけた。

「ねえ真実」

「ん、ちょっと待ってくれない？」

そう言ったとき、真実はわたしを見ていなかった。ちょうど生理中だったので時間潰しにトイレに向かい、みんなが友達といるなか一人で個室に入る。

洋式の便座につき、パンツをおろすとナプキンはどす黒い赤色で、吸いこみきれなかった経血がゲル状になって溢れている。二日目だから昼用多めのナプキンにしておいたけれど、こんなに多いなら夜用にしておけばよかった。スカートのポケットに入っているナプキンを取り出し、ビリビリ、という音が周りに聞こえてしまわないように水を流す。うちの学校には音姫なんてない。プールの授業で生理中かどうかは男女みんなにバラされてしまうのに、近くにいる女の子に生理中だとバレるのが恥ずかしいのはなんでだろう。

何度も水を流してナプキンを付け替え、最後に血が混じった尿を便器に垂らしてまた水を流した。鏡は一番右だけ空いていて、手を洗ってから結び目とリボンをきれいに整えて、教室に戻った。

バスケ部は再登校の指定時間が早いらしく早々に学校を後にしていて、うるさい子達はもう教室にいなかった。真実を待たせてしまったことを悪く思って静かな教室に入ると、クラスにはもう二人しか残っていなかった。

三上聡太が、結び直していた。わたし達のタイのリボンを。

——結び目はきれいにしておいた方がいいんだよ。

ふたりの合言葉を、忘れてしまったのだろうか。

結び直してもらっている真実の頰は見たことないような赤の差し方をしていた。体の中に流れる血が血管ごと透けてしまったような、雨の日に派手な子の体操着が濡れて、中に着ているショッキングピンクのブラが透けているみたいな、そういう、見てはいけないものめいた皮膚の内側の透け方だった。

「あ、彩名」

こっちを見る真実は見たことのないような生き物の顔をしていて、その顔は犬の鼻みたいに湿っている。三上聡太に目をやると、わたしに軽く会釈をした。

「じゃあ真実、また」

「うん、また後で」

頼んでもないのに勝手に手を振り合う二人は顔にじんわりと汗をかいていて、それは学活が終わってエアコンを切ったからというだけではなさそうだった。

「ごめん、お待たせ」

汗ばんだ真実に、頭から氷水をぶっかけてやりたかった。お風呂上がりのような真実の表情を見ていると、思い出したくないことを思い出しそうで、わたしは真実の顔から目を逸らして彼女のタイを何気なく見た。

細く結んだはずのリボンはびらびらと太く広げられ、ふっくらと作った結び目はきつく縛られていた。

「帰ろっか」

そう言って笑う真実が理解できなかった。どうして平気でいられるのかわからない。こんなにされたリボンを、どうして誇らしげに自分の外側にぶら下げられるのかわからない。まるで、これではまるで。

あの日のお父さんみたいだ。


お父さんは真面目な人だ。朝早くに会社に行って、夜遅くまで働いて帰ってくる。お母さんもそんなお父さんを尊敬していて、わたしも自慢のお父さんだと思っていた。

小学四年生のあの日まで。

その日は習い事のお絵かき教室がいつもより早く終わって、わたしはいつも通らない道を歩いていた。お父さんは朝から仕事に出かけて、お母さんは在宅勤務だった。

スーパーより向こうには行ってはいけないと大人に言われていた。だけどそっちにはキラキラの建物があって、大人に聞いてもそれがなんなのか誰も教えてくれなくて、よく晴れた夏の日、その建物はいつもの倍くらいキラキラして見えた。

「少し、少しだけなら」

自分に言い聞かせて、スーパーの敷地を少しだけ越えてみた。誰か知らない人に怒られてしまいそうで、しばらくその場で息を殺した。買ってもらったばかりのスポーツサンダルの底が、熱を持ったアスファルトで溶けてしまう気がして、時々靴の裏を確認した。

その間、大人達が何人か通り過ぎたけれど、わたしを怒る人はいなかった。早くしないといつも教室が終わる時間と同じになってしまう。わたしはキラキラの建物を、近くで見てみたいだけだ。急いであっちに走って、キラキラを感じて、そしたら何事もないように帰れば良い。

自分の足が遅いのをこれほど恨んだときはなかった。足を出すたびに地面にサンダルが吸い込まれそうで、飛ぶように走った。

キラキラの建物は一つしかないと思っていたけれど、近くに行くといくつかあった。入口に五千円とか八千円とか数字が書いてあって、算数が苦手なわたしにとっては、ここは思ったよりも楽しいところではなさそうだ。

そうやって見ているうちに、一番キラキラしたところが姿を現した。ここは七千円と一万二千円だから、お年玉を全部集めたらここに入れるってことなのだろうか。

自動ドアが開いて、大人が二人、もつれあうように出てきた。わたしは思わず建物の陰に隠れて、スパイのようにこっそりと、どんな人なのか確認した。

髪が綺麗なお姉さんと、うちのお父さん。

わたしにとって、初めて見る他人同士のキスだった。お父さんは他人じゃないのに、このときだけは他人に見えた。ロングヘアのお姉さんはボウタイつきの白いブラウスを着ていて、その結び目は小さく、リボンはふっくらと丸く広げられていた。

何を見たのかわからなくって、すぐに家に帰ってお母さんに説明した。お母さんは怒っているようにも悲しんでいるようにも見える、とにかく楽しくはなさそうな顔をして、みっともない、と呟いた。

「私が必死で守ってきた家って、なんだったの？」

お母さんの言葉がよくわからなくて、ごめんなさいと言ってみた。大人がよくわからないことを言っているときは、とにかく謝った方がいい。

「信じられない、どうして。気持ち悪い。私達をなんだと思ってるの……」

「ごめんなさい」

「ねえ、どうしてスーパーの向こうに行ったの。行っちゃダメって、お母さん言ったよね。どうしてお母さんにそれを話そうと思ったの。お母さんに言ったらどうなると思ったの。もしかしてあんたもあいつの味方なの、ねえ」

「ごめんなさい」

「全部あんたが悪いから」

「ごめんなさい……」

「あんたがルールを破らなければ、回り道しないで真っ直ぐ帰ってくれれば、黙っていれば、つまんないけど平穏なままだった。あんたのお父さんと淫乱な女のせい。それを見つけて喜んで報告した馬鹿なあんたのせい」

「ごめんなさい……」

謝りながら、お姉さんのリボンのことを思い出していた。ふっくらと丸く広がったあのボウタイ。キスをするためにすぼめられたピンク色のくちびる。

「なんでそんなみっともないことするの、自分の欲を制御できないの、あの人を選んだ私が間違ってたの、帰りが遅いのも全部そういうことだったの、私はどうやって彩名に説明したらいいの、みっともないあなたの性欲のことを」

大人がよくわからないことを言って怒るのはよくあることだったけれど、今日のお母さんの様子は異常だと、わたしのせいだと繰り返されたことでようやく気づいた。

「淫乱っていうの、ねえ。彩名はそんな風にならないよね」

ぼろぼろと涙をこぼすお母さんを、他人を見るように眺めていた。わたしはお母さんの子でもあって、同時にお父さんの子でもある。お父さんのせいでお母さんが壊れてしまったのだとしたら、わたしにもお父さんの血が流れているのだから、わたしのせいでお母さんをまた、壊してしまうこともあるのかもしれない。

いつかわたしも、ああなってしまうのだろうか。

二週間後、保健の授業で女子だけが集められ生理の話をされ、それが来てしまうのが怖くなった。月に一度、股から血が流れるのは大人の女性になった証で、将来赤ちゃんを産むためだからおめでたいことだという。保健室の先生が本物のナプキンを手に説明しているのを見て、他の子のようにおむつみたいだと笑う余裕はなかった。

——笑ってるけど、みんなもいつか付けるのよ。

保健室の先生の目は、笑うと三日月形になった。その先生は男子に人気で、だから女子には人気がなかった。

同じ授業で避妊の大切さについても説明された。将来誰か好きな人ができて、幸せなことになっても、望まぬ妊娠は悲劇を生むからららしい。妊娠というのは赤ちゃんができるということで、赤ちゃんが育つと子供になり、やがて大人になる。赤ちゃんを産むためには避妊をせずに発情しなくてはいけない。ということは。わたしが生まれるためにも避妊をせずに発情する必要があって、わたしはそんな二人から生まれてきたのだ。教室に集められた女子も、別の教室にいる男子もみんなそうやって生まれたはずなのだ。発情をしてはいけないと言うお母さんと、生理は赤ちゃんを産むための準備だからおめでたいことで、発情はしてもいいが避妊をしないと赤ちゃんができてしまうので気をつけろという先生とは矛盾しているように思えた。

その先生は授業から半年後、産休に入った。避妊をしろと言ったくせに避妊をせず、先生なのに発情したのだ。

先生を信用してはいけないとわかり、わたしはお母さんの、発情をしてはいけないという言葉を信じることにした。

それから、自分の発情をどうやったら抑えられるのかばかり考えるようになった。発情するのが大人になるということであれば、わたしは子供のままで居続ける必要があった。

小学六年生の春休み、制服の採寸に行ったとき、お父さんとキスしたお姉さんを思い出した。見本のリボンの結び目はきつく、リボンがふっくらとしていて、あの日に見たボウタイとそっくりだった。

入学当初はわたしもみんなと同じように、見本通りの大人の結び方をしていた。まるでボウタイのようなその結び方は、小学生だったわたし達を、無理やり大人にしようとしているみたいだった。真実が友達になりたいと言ってくれて、わたしはその違和感について話してみた。お父さんのことは伝えずに。

「じゃあさ、私達で新しい結び方を考えようよ」

真実が細い目で笑い、わたし達は昼休みや放課後を使って、大人からできるだけ遠い結び方を考えた。リボンを細くするだけだと、キスするためのくちびるみたいな固い結び目が残ってしまう。結び目をふっくらさせるだけだとボウタイが残ってしまう。試行錯誤の結果、タイのリボンは細く、結び目はふっくらとすることを決めた。

出来上がった結び方は、フード付きパーカーの紐を結んでできるリボンに似ていた。結び目が丸く、リボンは細い。わたしはずっと、子供でいないといけない。

わたしに流れるこの忌まわしい血を、どうかわたしで止められますように。毎日、わたし達は同じようにタイを結んだ。

「結び目はきれいにしておいた方がいいんだよ」

真実がそう言って、わたしもその言い方を真似して、いつしかそれは二人だけの合言葉のようになっていた。

ずっと子供でいようね。

あのタイはそういう意味だったのに。どうして真実は、恋なんてしてしまったのだろう。大人になってしまったのだろう。

真実と二人で帰りながら、三上くんについて照れ臭そうに話す真実の顔を見ながら、そんなことを考えていた。


再登校して部活が始まると、わたしは今まで気づいていなかった二人のアイコンタクトに気づいてしまった。

前半、男子は試合形式の練習をしていて、女子はコートの端っこでぶら下げたシャトルを打つ練習をしていた。シャトルを拾うとき、ポイントが決まったとき、三上聡太はいちいち真実のことを見ていて、真実もそれに目を合わせて、まるでここが二人だけの世界であるかのように笑い合っている。

——彩名と友達になりたいの。

一年生の頃、部活帰りにそう言ってくれたのは、あの日の黒目の輝きは、全部嘘だったのだろうか。気を紛らわすためにシャトルの存在を無視してラケットを振り続けると肩が急に痛くなって、そんなのよくあることだったのに我慢ならなかった。

「肩痛い」

小さい声で言ったら真実はすかさず大丈夫、と聞いてくれて嬉しかった。なのにすぐに彼女は彼氏を見つめ始める。今は向こうが試合をしているだけなのに、もやしみたいに細い手足でシャトルを逃しているだけなのに。

「今日もう、部活無理かも」

「保健室行く?」

「そうしようかな」

ついていこうか、という言葉をいくら待っても、真実の口は動かなかった。この話はもう終わったことだと言わんばかりにわたしから顔を背け、火照った頬は彼を見るたびに膨らんでいる。

「もうやめた」

ラケットを床に落とし、わたしは一人更衣室に向かった。

「え、何？」

真実の声が背中に届いたけれど無視して追いかけられるのを待った。真実は追いかけてこなかったので、わたしはその足で職員室に向かい、顧問に部活を辞めると話した。


それから残りの夏休みを使って、クラスメイトに真実の噂を流した。葵さんが三上聡太のことを好きなのは傍《はた》から見ていればバレバレだったので、瑠奈さんに初めて個人でＬＩＮＥを送ることにした。

真実は葵さんが三上くんのことを好きだとわかっていて、クラス内での立ち位置をよくするために三上くんと付き合ったのだと文章で送ると、すぐに電話がかかってきた。真実が瑠奈さん達のグループに入りたいと言っていてわたしは寂しいのだと嘘をつき、わかったと返事があって電話は切れた。

それから、生理でプールを休んだ分の振替登校の日や近所で偶然会ったときを使って、同じ内容をクラスの地味な女の子達にも流していった。クラス内のカップルが初めてできたということもあってみんな食いついてくれたし、瑠奈さんのグループに入るんだからもう話しかけないでとわたしは真実に言われたと伝えておいた。

真実が、瑠奈さんのグループなんて簡単に入れると、彼女達のことを軽く見ているということはなんとなくB組女子の共通認識になり、二学期どうなるんだろうという話題で盛り上がった。

瑠奈さんは、人に舐められたくないという思いが強い。そんな彼女がどうするかにわたしは賭けていたのだが、九月一日に学校に行くと、想像通りのことが起きていた。

真実の机だけ上下ひっくり返されており、三上くんとこっそり学校に来たらしい真実が赤い頬を隠して教室に入ると、クラスが一瞬ひんやりと静かになった。

後から来た三上くんは瑠奈さんに呼び出され、その日中に真実は三上くんから別れを告げられた。告白されたからとりあえず付き合っただけで、そんなに好きではなかった。そんな風に廊下で話しているのを、わたしは真実の隣で聞いた。

瑠奈さんは意外にもいじめるのが初めてだったのか、最初のうちは教科書に「調子乗ってんじゃねえよ」と落書きしてみたり、すれ違いざまに足をかけてみたりと、ドラマで見るような手口が多かった。

夏が遠ざかるほどに真実は痩せ、わたしはそんな真実をいつも励ましていた。わたし以外誰も真実に話しかけないこのクラスの居心地は最高だった。クラスの誰も、真実のリボンを勝手にほどいたりしない。メスを狙うオスも、オスに近いメスも真実から遠ざかり、三十六人いるはずのB組の教室で、わたし達はいつも、二人きりだった。

「リボンほどけてるよ」

そう声をかけても、真実が自分のリボンを見ようとしなくなったのは、九月が始まってから二週間が経った頃だった。その頃には瑠奈さん達の中でいじめが日常と化し、サトセンに怪しまれないように落書きはせず、直接嫌がらせをしたりもしなくなった。その代わり、クラスに真実がいると「なんであいついるの？」と困惑したような表情を浮かべて言うようになった。いつも昼休みを教室で過ごしていたわたし達はそこを追われ、北階段の一番上、入口が塞がれた屋上前にいるようになった。掃除当番がサボっているからかいつも埃だらけで、だけど二人でいられるならどこでもよかった。

わたしはもう辞めちゃったからわからないけれどおそらく、真実は部活でも「なんであいついるの？」という目線を投げかけられ続けたのだと思う。

秋から始まった「恋も分別付けなさい！」という職場BLドラマにわたしはハマり、真実にも勧めて毎週二人で感想を話すようになった。男女の恋愛は苦手なわたしも、男同士のものだと他人事として楽しめると気づいた。

わたしは一生、こんなふうに真実と二人でいられる日々が続けばいいのにと思った。

十月に入っても、状況は変わらなかった。三上聡太と真実も無事に別れ、わたしは真実と二人きりで過ごす毎日。真実のリボンは細く真っ直ぐで、結び目はふっくらと柔らかい。わたし達はいつも二人きりで、お互いのリボンを直し合ったり、トイレに一緒に行ったりする日々は穏やかで、親友なのだからそんなの当たり前なのに夢みたいで、いつまでもこんな日が続けばいいと、わたしは本気で思っていた。

ある日の昼休み、真実が唐突に言った。

「家帰ったらＬＩＮＥするから、絶対すぐに返事してね」

その表情があまりに思い詰めていたので、すぐに反応することができなかった。

「だめ？」

「いや、いいけど。学校でできない話？」

「まあ、そんな感じ」

北階段の薄暗く埃っぽい光が、真実の横顔を照らしている。何かしたい話があるなら、学校ですればいいのに。教室ではできなくても、今ここに誰かがいるわけでもないのだから、ここですればいいのに。

そんなことを考えているうちに昼休みが終わり、午後の授業をぼんやりとやり過ごしているうちに放課後になっていた。

その日わたしは北階段の掃除当番で、四階から三階を意味もなく掃き続けていた。桃子さんが班長なのでサボっていて、わたしは時間が過ぎるのを待つだけだった。水曜日はバドミントン部の活動がない日なので、真実と一緒に帰る約束をしていた。

「四班終わりだからホウキ持って集合ー」

桃子さんの声が聞こえて、わたしは集めたゴミをちりとりにも入れずに下に降りる。それからサトセンが一階の踊り場に来て点検代わりの挨拶をし、わたしはいつも通り一人で教室に戻った。

クラスにはまばらに人がいて、わたしは真実の姿を探した。机を見ても鞄がない。どこか行ってしまったんだろうか。そう思いながらとりあえず自分の席で荷物をまとめ、下駄箱に急いだ。真実のローファーは、当然のように残されていなかった。

ねえ真実、待って。

なぜか、真実がどこか遠くに行ってしまいそうな気がした。昼休みに言っていたＬＩＮＥの話にずっと違和感を覚えていた。

学校を飛び出して、家まで走った。風の強い日だった。紺色のプリーツスカートがなびくのを鬱陶しく思いながら、風を切るというより風を押しのけるようにして走った。だけど通学路には真実はいなくて、家に帰って充電器につないだままのスマホを引っこ抜くみたいに手に取った。真実とのトーク画面に通知が来ていた。

【最終話、どうなるかな】

【は？】

送り返すとすぐに既読がつき、返信が来る。

【廉也、どっちとくっつくと思う？　翔馬かな、それとも拓海《たくみ》先輩かな】

最近見ているドラマの話だと理解するのに、少し時間がかかった。廉也は主人公の新入社員、翔馬はその同期、そして拓海先輩は廉也の教育担当だ。二人の間で揺れる廉也が最終的にどちらを選ぶのか、真実は気になっているのだろう。

【真実はどう思うの？】

【やっぱ拓海先輩かなって】

そう返信が来て、わざわざこんな話をするために昼休みに言ってきたのかと疑問に思った。

【だって廉也が困ってるときにいつも助けてくれるもん。翔馬はちょっと廉也をバカにしてるっていうか】

【あーわかるかも】

【で、彩名は？】

【わたしも先輩かなー】

【だよね】

【先週のさ、書庫で探し物してたシーンやばかったじゃん】

【あ、わかる】

【書類が落ちてきたのを守った感じ？　が決め手かな】

【じゃあもう最終話見なくてもいいね】

【なんで？】

【うちらだけの最終話が完成したから】

【どういうこと？】

送った文字には既読がついていて、だけど返事はいつまで待っても来なかった。まだ制服を着たままだったわたしは返信を待ち続けようとも思ったが、お母さんの声がした。

「今日はお母さんが作った方がいいってことかなぁ」

「ごめんね、今から買い物行くから」

買い出しに行っても早く帰らないとお母さんが怒るから、踏切の向こうまで行く時間はない。そう思って買い出しを終えたら、お母さんに遅いと嫌味を言われた。わたしにとってはお母さんが、一番身近な、いつ死んでしまうかわからない人だ。お母さんを生かすために、わたしはご飯を作った。

そうやってお母さんを優先させてご飯を作っている間に、真実は勝手に死んでしまった。事故だという警察の話を聞く限り、わたしとのＬＩＮＥをしているときにはすでに踏切にいて、すぐに返信しないといけないと思って画面をずっと見ていたのだろう。そうして遮断機が降りたとき、踏切の中にいるのに気づかずに、真実はあの日、電車に轢かれてしまった。

サトセンが真実の死を伝えてきたとき、悲しい、よりも先に許せない、と思った。わたしに黙って、たった一人で、どうして。

わたしも一緒に死にたかった。

そう思いながら机の引き出しに手を入れると、入れた覚えのない何かが手に当たった。取り出すと真っ白な封筒で、表に「彩名へ」と書かれていた。差出人は書かれておらず、その場で読もうとしたらすぐ全校集会に集まることになったので、わたしはできるだけ人に見られないように胸ポケットにしまった。

全校集会で一番後ろに体育すわりで座り、校長の話を聞くふりをして、わたしはこっそり胸ポケットから封筒を取り出した。それから、首がかゆいふりをして後ろに先生がいないことを確かめ、授業中に内職をするときの姿勢で封筒を開けた。中の便箋を取り出し、封筒はまたポケットにしまった。

『クラスのみんなから無視されるのがどういうことなのか、きっとあなたにはわからない』

そんな文から始まり、自分がどれだけ辛い日々を送っているのかということが書いてある。便箋は全部で何枚あるかは書いていないが、四枚はありそうだ。この一文だけで、わたしはこれが真実の書いた手紙だとわかった。遺書だろうか。

『全部、あんたのせいだから』

二枚目の最後にそう書かれていて、残りを確認するとあと二枚あった。

『昨日、部活に行く途中に、瑠奈ちゃん達がトイレで話す声が外まで聞こえてきました。わたしの悪い噂をクラスで流したのは彩名だったと言っていました』

違う。わたしは真実と二人でいたかっただけで、悪い噂を流したかったわけじゃない。

『正直、耳を疑いました。わたしだけは友達だよとあんなに繰り返していた彩名が、実はいじめの主犯だったなんて』

わたしがいじめの主犯なわけがない。どうしてわかってくれないんだろう。どうして気持ちが伝わらないんだろう。

『私はもう、彩名のことを信じられません。友達のフリして私のそばにいて、私が苦しむのを見て笑っていたんだよね？』

真実、話を聞いて。そう思うけれど、もう真実には二度と声が届かないのだ。

『全部あんたのせい。あんたのせいで私はみんなが怖くなった。男が、女が、人間が、みんなみんな大嫌い。あんたも嫌い。どうして私をそんなに苦しめるの。彼氏ができたから？　調子に乗ってるから？　なんでそんなに、私に執着するの？』

わたしは貪《むさぼ》るようにその手紙を読み、読み終えた後で、どうしたら良いのかわからず、便箋を折りたたみ、封筒にしまって胸ポケットに入れた。

＊

今のわたしの親友は里香で、真実はもうこの世にいない。だけどわたしは真実と一緒に買ったのと同じペンを里香に買ってプレゼントし、真実と一緒に買ったペンを、まるで里香のものと一緒に買ったかのような嘘をついた。

みんな、どうやって友達をちょうどよく大事にしているのだろう。そんなこと、誰に教わったのだろう。わたしは何度も同じことを繰り返して、そのたびに周りから人がいなくなる。大切だと思った人が離れていくのを止めようと、相手の気持ちなんて考えずに自分の都合だけ押し付けて。

――全部、あんたのせいだから。

――お前が悪いから、全部。

――馬鹿なあんたのせい。

その声が誰のものなのか、もうわたしにはわからない。頭の中で流れる音声は何重にもなって分解できなくて、わかるのは「わたしのせい」だということだけだ。


今日は昨日のカレーを使ってカレーうどんにするつもりだった。だから外で買い物しなくてよくて、だけど明日の一時間目に提出の数学の宿題を進めなくてはならない。また提出が遅れて金森に絡まれるのは嫌だった。

制服を脱いでからリビングに向かう。コンロに置いた鍋を確認すると中は空っぽで、だけど鍋は洗われていなかった。

食卓で突っ伏しているお母さんに、カレーは、と聞くことができない。シンクを見るとカレーライスを食べたであろう皿が汚れたまま残されている。

「夜ご飯どうしよっかな」

代わりにそんなことを呟くと、目を覚ましたお母さんがひどいと言った。

「どうしてお母さんを責めるようなこと言うの」

「いや、そんなつもりは……」

弁明しようと思ったが、お母さんは自分が否定されたと思ってスイッチが入ってしまったようだった。

「彩名、カレー食べないでねって言った？　言ってないよね、むしろ半端に残っているから食べてあげようと思って、お母さんだって別に食べたくなかった。頑張って食べてあげたのに、どうして責められないといけないの。彩名もあの人の味方なの」

「ごめんね、責められたと思ったんだね。わたしの言葉が悪かったの、ごめんなさい」

「ひどいよ……」

そう言って顔もあげないお母さんが、その人と二人きりにならなきゃいけないこの部屋が、鬱陶しいと思ったことはなかった。お父さんの不倫からはもう四年経っていて、それをいまだに引きずられてお父さんは面倒だと思っているのかもしれない。だから最近夜の帰りが遅くて、またあの女の人とあのホテルに行っているのかもしれない。

そんな気はしていた。だけどわたしはそれを確かめようとは思わない。夜遅くに帰るとお母さんが心配するし、家を空けたらお母さんが食べるご飯がない。根本的な解決なんて暇な大人が唱える理想論で、わたしは毎日生きていくのに精一杯だ。

「数学の宿題があって、お惣菜とかでもいいかな」

「どうしてそんなこと言うの、お母さんできるだけ栄養が偏らないように、ご飯作り頑張ってきたじゃない。毎日お味噌汁とおかず三つ、頑張って頑張って作ってきたじゃない。それとも彩名、まだあのこと根に持ってるの。幼稚園の年中さんの遠足、お弁当に冷凍食品を入れちゃったこと。朝から唐揚げ揚げるのがどんだけ大変か、彩名もわかるでしょ。ねえどうしてそんなこと平気で言えるの。お父さんは今日も遅いし、明日は出張って。みんなわたしなんかいなきゃいいって思ってるの。だったらいっそ……」

「中華丼にしようかな、たまにはどんぶりもよくない？」

つとめて明るい声を出した。何か呻くお母さんの相手もそこそこに、わたしはリビングを後にして食費の入った封筒を取り、家を出た。数学の宿題があるので買い出しを早めに終わらせ、ご飯を作る前に宿題をするつもりだった。一時間もあれば終わるプリントだったから特に急ぐ必要はなかったけれど、わたしはまた走っていた。

風景はわたしの近くだけ目まぐるしく変わって、遠くの空はどれだけ走っても様子が変わらない。雲ひとつない澄んだ今日の空は、美術の授業で描いたらきっと「もっと工夫して描き込みましょう」とか言われる、神様が手を抜いたような均一さだった。

お母さんがあんなふうになった理由が、わたしにはよくわからない。わたしがこんなふうになった理由が、わたしにはよくわからない。だけどわたしはこのまま変われなくて、お母さんもあのまま変わらない。その日その日を誤魔化すように取り繕って、死なないように生きるだけ。

スーパーで中華丼の素《もと》を買った。パッケージはお母さんに見つからないように、家に帰って学校用の鞄に仕舞い、数学の宿題を終わらせた。

翌朝、いつものように早めに学校に着き、教室に誰もいないのを確認する。吹部は全体練習をしているらしく他の教室にもおらず、朝から間抜けな音を聞かされることがなく気分がいい。窓側から数えて二番目、前から三番目の自分の席に鞄をかけ、わたしはすぐに前に進む。棚の中には今日も、先生が水をかえているのであろう菊が花瓶に入っている。

棚の扉に手をかけると、ガッ、と金属とガラスが触れる音がした。先生の机の後ろの棚は厚いガラス張りで、開けるときにはいつもこうやって大きな音がする。時々後ろを振り返りながら、わたしはゆっくりと左手で扉を開け、右手で花瓶を取り出し、一気に扉を閉める。開けるときは大きな音が出る扉も、閉めるときは不思議と音を立てない。

それから一番後ろの窓際、里香の席にまっすぐ歩き、水をこぼさないように丁寧に、花瓶を机の上に置いた。

真実にもこんなことをしたことがあったっけ。

教室の棚に花瓶が置かれるようになったのは真実が死んでからだから、真実の机の上に花瓶を置いたことはないはずだ。なのにそのとき、わたしはきっと、真実にも同じことをしたことがあると思った。

それから鞄を持って教室を抜け出し、予鈴が鳴るまではトイレにいた。何もすることがなくてトイレの壁を見ていると、天井との一角に蜘蛛《くも》の巣が張っているのを見つけた。汚いと思いながらも手を伸ばそうと背伸びしてみて、だけど全然届かなくてわたしは少し安心した。

予鈴が鳴り、教室に戻ろうと個室を出ると、鏡の前に里香がいた。今日は部活がないから、いつもよりも来るのが早いのだろう。

無視してトイレを出ようと思ったら後ろから、また声が聞こえた。

「私はずっと、彩名のこと信じてるから」

振り返り、里香の顔を見る。その目は震えておらず、まっすぐにこちらを見据えていた。

――もう一度、彩名を信じてみたかった。

「わたしは、わたしは……」

体が震え、わたしは意味もない言葉を呟いていたように思う。トイレの床の冷たさを手で感じて、自分がへたり込んだことに気づいた。

「里香、これ」

そう言って胸ポケットに入れた手紙を里香に渡し、わたしはそのまま倒れこんでしまった。

＊

『クラスのみんなから無視されるのがどういうことなのか、きっとあなたにはわからない。無視というのは単に、話しかけても何も返ってこないということじゃない。だったらこっちから話しかけなければいいだけで、苦しみなんてどこにもない。相手のことを、言葉を持たない、ただの人形だと思えばいいのだから。

あなたにもあるでしょう。小さい頃、メルちゃん人形のような赤ちゃんを模したモノに執拗に話しかけて、求められてもいないお世話をしてあげた思い出が。だけど私達は学ぶ生き物だから、だんだんとわかってくる。人形なんてただのモノで、こちらの話しかけた言葉も聞いていないし、お世話なんて求めていないということが。それに気づくのは大体、小学生になる頃で、それから私達は人形ではなく人を相手にして、ごっこ遊びを始める。

クラスメイトなんて自分以外は、メルちゃん人形みたいな人間の形を模したモノで、感情なんてない。だから私の言葉なんて通じなくて当然で、飽きたら埃をかぶる前に捨ててしまえばいい。

そう思えたらきっと、ずっと楽だった。

教科書にされた落書きも、ゴミ箱に入れられた筆箱も、何か人間ではない、感情のないモノの仕業だったらよかった。

大人達の想定するいじめって結局、我慢すれば過ぎていく一過性の台風のようなものなのだろう。少し耐えれば、ちょっと言い返せば、対話を目指せばすぐに解決する、空気抵抗を無視する理科のテスト問題みたいな、理論上のいじめ。

あまりにも生ぬるい。その能天気さが、本当のいじめを想像する必要のない人生が、心の底から羨ましい。

私を近くで見ていればわかるはずだ。このクラスで何が起こっているのか。

無視というのはこちらが話しかけて始まるものじゃない。

ラーメンの汁を放っておくと水と油に分かれ、さらに置いておくと油が白く固まるのによく似ている。あるときからあの子達は、私が教室にいるとわかりやすく困惑の表情を浮かべるようになった。

「あの子、なんでいるの？」

その言葉や表情に悪意はなく、あるのは心の底からの困惑だけだ。眉毛は怒っているときのように吊り上がるのではなく八の字に下がり、まるでこちらが悪者かのように怯えてみせる。

攻撃より何より私に一番効いたのはこの困惑で、私の様子からそれに気づいたあの子達は、ここ最近ずっと困惑し続けていた。

授業があるときはまだいい。あの子達の困惑なんかよりも、教師の存在感の方が強いから。だけど昼休みになると私は途端に教室にいることを許されなくなり、薄暗くて湿った北階段の一番上、入口が塞がれた屋上前の扉で過ごすようになった。

そんなの、わざわざ書かなくても知ってるか。

だってずっと、あなたは私のそばにいたのだから。私が辛いときも、悲しいときも、悔しいときも、一番近くで、私を励ましてくれていた。

だけど、私は気づいてしまった。なんでこんなことになったのか、あの子達は私の何が嫌でこんなことを始めたのか。誰があの子達を焚き付けたのか。

本当はもう、わかってるんでしょう?

全部、あんたのせいだから。

昨日、部活に行く途中に、瑠奈ちゃん達がトイレで話す声が外まで聞こえてきました。わたしの悪い噂をクラスで流したのは彩名だったと言っていました。

正直、耳を疑いました。わたしだけは友達だよとあんなに繰り返していた彩名が、実はいじめの主犯だったなんて。

私はもう、彩名のことを信じられません。友達のフリして私のそばにいて、私が苦しむのを見て笑っていたんだよね？

全部あんたのせい。あんたのせいで私はみんなが怖くなった。男が、女が、人間が、みんなみんな大嫌い。あんたも嫌い。どうして私をそんなに苦しめるの。彼氏ができたから？　調子に乗ってるから？　なんでそんなに、私に執着するの？


本当はね、私はあんたをクラスで告発して、先生にもばらしてやるつもりだった。だけどもう、そんな元気も残ってないんだよね。毎日毎日あんたと二人でかび臭い北階段に籠って、クラスではずっと息を止めているみたい。たった一人でも味方がいればって思ってたけど、味方じゃなかったんだよね。もう誰を信じたらいいのかわからない。

聡太と付き合えたときね、私本当に幸せだった。好きな人に好きって言ってもらえることが、こんなに嬉しいことなんだって。だけどそれも親友に奪われて、クラスでいじめられて、幸せだったのなんてほんの一瞬。

だからわかったの。私の人生で幸せなのって、あのときだけなんだって。あれからどんどんどんどん辛くなって、きっとこの先もずっと一緒。みんなに無視されて、のけ者にされて、唯一の理解者がとんでもない腹黒で。いつまでもこんな生活が続くことが嫌になって、死のうと思いました。（ちなみに学校に行かないのとかリスカは論外。お母さんに心配かけるくらいなら死んだ方がましです）

帰り道、踏切があるんだけど、昔死亡事故があったって知ってる？　小学生が飛び出しちゃって、即死だったんだって。じゃあ死ねるじゃんって思ってこの間一人で試したんだけど、やっぱり死ぬのって怖いんだよね。中に入る前に逃げちゃった。

それでね、しばらくは死ぬのやめてたんだけど、トイレに風紀委員がつくった「歩きスマホは危険」ってポスターが貼られてるのを見て、その手があるじゃんって思ったんだよね。

踏切の中にいる間、スマホで誰かとチャットしてれば、そっちに集中できるから怖さを誤魔化せるんじゃないかって。

だから、この手紙を彩名が今読んでいるなら、私の自殺は成功ってこと。多分警察とかには、事故だって思われると思うけど。遺書がないからね。

じゃあどうして私があんたに遺書を残したか、わかる？　バカみたいな理由だって言われそうだけど、どうせ死ぬならもう一度、彩名を信じてみたかった。だからこの遺書は彩名にしか渡してない。

まあ、臆病なあんたのことだから、誰にも見せずに隠しておくのだろうけど』

エピローグ

目を覚ますと、わたしは白いカーテンに囲まれていた。外から里香と先生が話す声がする。

「あの……」

カーテンを開けて声をかけると、二人がこちらを振り返った。

「あ、目が覚めたのね」

保健室の年配の先生が目じりに皺を寄せる。

「授業が、わたし」

すると里香が、壁に掛けられた時計を指さして言った。

「もう午前の授業終わったよ」

「え？」

驚くわたしに先生が優しく説明してくれる。

「軽い貧血ね。給食、ここに運んでもらうこともできるけど」

「そうなんですか？」

先生に聞くと、

「うん。小林さんもここで食べる？」

と言ってくれた。里香が頷いたのを見て、わたしは少し泣きそうだった。

「じゃあ先生給食のこととか伝えてくるから、小林さんは渡辺さんをよろしくね」

先生がそう言って出ていってしまい、保健室には里香と二人きりになった。清潔なにおいが立ち込めるこの部屋で、わたしは里香に何を話せばいいのだろう。ふらつきが治まったのでベッドから起き上がり、硬いソファの、里香の隣に腰かけた。

「……読んだ？　手紙」

恐る恐る聞くと、里香は黙って頷いた。

「わたし、怖くて、ずっと。せっかく、真実がわたしを信じようとしてくれたのに、誰にも言わずに隠し続けたことが。だから里香がわたしを信じてるって言ってくれたとき、怖かった。わたしのことなんて信じる価値もないのに、どうしてって。ねえ里香、この手紙、どうしたらいい？」

ほとんどすがるような口調だった。こんなことでは里香に嫌われてしまうと、今までなら思っていたが、そのときはなぜか、そんな感情は浮かばなかった。

「秘密にしよう」

里香は何か決意した顔つきで、わたしの目をじっと見た。初めて見たときと同じ、きれいな黒目。

「私と彩名と、それから真実ちゃん。三人の、秘密にしよう」

「三人の？」

「そう。秘密」

「先生とか、みんなに言わなくてもいいの？」

気づけば、目から涙が出ていた。わたしはずっと、恐れていたのだ。誰かに秘密がばれて、また全部わたしのせいだと責められるのを。

「言わなくていい。私に言ってくれたんだから。私は彩名を信じてるから」

それから何度も、里香は信じていると繰り返してくれた。その言葉はわたしに向けたものではなくて、自分に言い聞かせているようにも聞こえた。それでも、わたしはその言葉が嬉しかった。


給食を食べ終わり、わたしは保健室前のトイレでタイを直していた。ここのトイレはいつものトイレよりもきれいで広い。ぴかぴかに磨かれた鏡でタイを直していると、普段より手際が良くなっている気がする。

里香が個室から出てきて手を洗う。ハンカチを忘れたらしく、わたしがいない方向に手を振って水を払っている。その間も、わたしはタイのずれがないかを細かくチェックして直していく。

「タイ、決まらないの？」

里香に聞かれて、わたしは誤魔化すように笑った。

「ううん。里香のもやってあげようか」

そう聞くと、里香は首を振り、ていうか、と軽い口調で続けた。

「その結び方、真実ちゃんとの約束だったりしない？」

唐突な発言に、わたしは何を言ったらいいかわからず、なんで、と聞いた。

「タイを結ぶとき、彩名はときどき怖い顔するから」

「え……」

「いやそんな、悲しい顔しないでよ。彩名が悪いとかじゃなくて」

「結び目はきれいにしておいた方がいいんだよ」

「ん？」

「これ、真実との合言葉で」

「最初に話した日も、私の結び目を直しながら言ってくれたよね？」

タイに手をかけたまま、わたしはしばらく黙っていた。里香は少し考えるようなそぶりを見せ、突然、いたずらっ子のような笑みを浮かべた。

「だったら、新しい結び方を考えようよ」

「新しい結び方？」

「そう。私と彩名だけの、特別な結び方」

「え……」

戸惑うわたしに、里香は慌てて言った。

「嫌ならいいの。でも、真実ちゃんの結び方を私も真似させられるなんて、なんかおかしくない？」

アメリカンドラマみたいなジェスチャーつきでそう言った里香は笑っているけれど、きっと、わたしが結び目を通して真実に固執し続けていることに気づいている。

「結び方なんて、なんでもいいんじゃないかな」

「なんでもいい？」

「そ、結んであれば」

そう言って、里香は自分のタイを緩め、いつもとは違う結び方に挑戦し始めた。出来上がったのは、結び目も大きすぎず小さすぎず、リボンも太すぎず細すぎずの、つまり平凡な結び方だった。だけどそれは、わたしと真実の結び方とも、瑠奈さん達の結び方とも違う、わたしにとっては新しい結び方だった。

「やってあげようか」

里香がわたしのタイに手をかける。結び方は同じだけれど、仕上げ方が違うのだ。タイは細くしていたときの倍くらい、結び目は引っ張ったときに自然に止まるくらいで、きつくしない。

「……いいかも」

お揃いの結び方をしている自分達を鏡で見て、わたしは小さい声で言った。

「ね。これからこうしようよ」

「いいね」

内緒話のように小さい声で話し合い、わたしは自分のタイを目に焼き付けるようにじっと見た。

わたしはいつか、この新しい結び方に慣れていくのだろう。真実と二人で作った結び目ではなく、ここであっという間に里香が作った、この平凡でつまらない結び目に。

だけどそれは、真実を忘れるということではない。わたしが勝手に作り上げた真実から、わたしが解放されるというだけだ。わたしは、絶対に真実を忘れない。

三人の、秘密にしよう。

里香は、わたしが一人で真実のことを抱えていたと気づいてくれた。里香がいなければ、わたしはずっと真実に、あの手紙に縛られて生きていたかもしれない。

わたしの結び目は、きっと、これからもまた、変わっていく。いつまでも同じ結び方にこだわる必要なんて、最初からなかったのだ。

「里香、友達になってくれてありがとう」

涙でゆがむ視界に映る、鏡の中の里香に言った。なに今更、と明るく笑う里香に、わたしも同じように笑いかけた。

この作品は書き下ろしです。

〈著者紹介〉
真下みこと
1997年生まれ。早稲田大学大学院修了。2019年『#柚莉愛とかくれんぼ』で第61回メフィスト賞を受賞。2020年同作でデビュー。その他の著書に『あさひは失敗しない』『茜さす日に嘘を隠して』『舞璃花の鬼ごっこ』がある。

わたしの結び目

2023年4月5日　第1刷発行
2023年8月25日　第2刷発行

著　者　真下みこと
発行人　見城 徹
編集人　菊地朱雅子
編集者　黒川美聡
発行所　株式会社 幻冬舎
〒151-0051 東京都渋谷区千駄ヶ谷4-9-7
電話：03(5411)6211(編集)　03(5411)6222(営業)
公式HP：https://www.gentosha.co.jp/
印刷・製本所　株式会社 光邦

Printed in Japan ISBN978-4-344-04066-3 C0093
この本に関するご意見・ご感想は、
下記アンケートフォームからお寄せください。
https://www.gentosha.co.jp/e/